처음 읽는 신영복

처음 읽는 신영복

ⓒ 이재은, 2019

펴낸날	1판 1쇄 2019년 3월 20일
	1판 2쇄 2022년 8월 1일
지은이	이재은
펴낸이	윤미경
펴낸곳	헤이북스
출판등록	제2014-000031호
주소	경기도 성남시 분당구 황새울로 234, 607호
전화	031-603-6166
팩스	031-624-4284
이메일	heybooksblog@naver.com
책임편집	김영회
디자인	정연재
표지 그림	권선
찍은곳	한영문화사

ISBN 979-11-88366-14-9 03810

우리 시대의 지성 신영복을 읽는 10가지 키워드

처음 읽는 신영복

이재은 지음

헤이북스

시 작 하 며

《주역周易》에 '동심지언 기취여란同心之言 其臭如蘭'이란 말이 있습니다. 신영복 선생의 '입장의 동일성'을 떠올리게 하는 문장입니다. 여러 종류의 번역이 있지만 저는 다음과 같이 이해하고 있습니다. '뜻이 맞는 사람의 말에서는 난초와 같은 향기가 난다.' 무엇보다 '동심同心'에 주목한 까닭입니다. '마음이 같다' 혹은 '뜻이 맞다' 어느 해석이든 이는 신영복 선생이 말하는 '입장의 동일성'과 연결됩니다. 선생은 '입장의 동일성'을 인간관계의 최고의 형태로 보았습니다. 그러므로 입장이 동일한 사람에게서는 난초와 같은 향기가 난다고 해도 해석의 지나침이 없습니다.

그런데 현실은 여전히 거짓말 같고 잘못 꾼 꿈 같습니다. 비현실적 현실입니다. 지난 100여 년 동안 우리는 식민의 시대와 전쟁, 두 차례의 쿠데타와 30여 년의 독재라는 비현실 위에 묶여 있었습니다. 야만의 계절이었고 출구가 보이지 않는 길고 긴 터널의 시간이었습니다. 터널의 끝에서 온 열망을 다하여 문 하나를 열었을 때, 거기에는 환희와 영광이 아닌 오늘이라는 또 하나의 비현실적 터널이 이어져 있었습니다. 자본의 교묘하고 은밀한 유혹 앞에 우리를 벌거벗겨 내던져버린 오늘이라는 터널은 우리에게 각자도생各自圖生에 충실한 자세를 가르치고 다그치고 있습니다. 입장이 동일한 사람을 만나는 게 점점 어려워지는 이유입니다.

　그러므로 선생을 호출하는 것은 불가피합니다. 각자도생의 사슬을 끊어낼 수 있는 선생의 지혜가 필요한 까닭입니다. 입장의 동일성을 회복하여 각자가 아니라 '여럿이 함께' '더불어 숲'을 만들어가야 하기 때문입니다. '존재에서 관계로' 나아가는 '가장 먼 여행'을 떠나야 하기 때문입니다.

　신영복 선생이 영어圖圖의 몸에서 풀려난 1988년은 여전히 엄혹한 시대였습니다. 군사정권은 시민들의 민주화 요구에 부응하지 못했습니다. 그때 저는 20대 초반이었고, 거리와 광장에 어울리는 시간을 살았습니다.

　선생을 처음 만난 것은 1998년 무렵이었습니다. 민주 정부가 들어선 이후였지만 한편으로는 IMF 시절이기도 했습니다. 많은 사람들이 민주화의 열매를 기대했으나 시민들을 기다리고 있었던 것은 도산과 폐업과 실직이었습니다. 누구라도 지치고 외롭고 의지할 데 없는 고아 같은 세월이었습니다. 그 무렵 운명처럼《감옥으로부터의 사색》을 읽게 되었습니다. 한 권의 책이었지만 선생의 전 생애를 만나는 기분이었습니다. 지금까지 그 어떤 책에서도 맛보지 못했던 정직한 울림으로 제 안이 채워지는 느낌이었습니다. 이후 《담론》에 이르기까지 선생의 세계에 오래 취하게 되었습니다.

선생은 스승이라는 말이 참 잘 어울립니다. '우리 시대의 큰 스승, 우리 시대의 참 스승' 이런 표현이 더 적합하겠습니다. 선생은 20년을 세계와 격리되어 있었음에도 세계에 대한 애정과 관심의 끈을 놓지 않았습니다. 자유의 몸이 된 이후로 선생은 청년들 곁을 지켰고 청년들의 미래와 소통하였습니다. 그 결과 그의 사상의 생태계는 놀라울 만큼 풍요로워졌습니다. '더불어', '여럿이 함께', '변화', '창조', '공감', '실천', '공존', '차이와 다양성' 등등이 강연과 책을 통해 한 알의 밀알처럼 세상 속으로 뿌려졌고 수많은 독자들의 양심과 의식에 푸른 싹이 돋게 되었습니다.

지난 여름 원고 청탁을 받았을 때 조금 망설였습니다. 평소 선생의 사상을 정리해보리란 욕심이 없지 않았으나 선생에게 누가 되지 않을까 걱정이 앞섰습니다. 그럼에도 거절할 수 없었습니다. 누군가는 선생의 사상을 정리해야 선생과 시대에 대한 예의라고 생각했기 때문입니다. 그렇게 저는 선생의 깊고 푸른 그늘에 들어섰습니다. 그러나 세상사 쉬운 일 없듯, 선생의 세계를 탐험하는 내내 난파선에 올라탄 사람 같았습니다. 여러 사람들이 선생의 세계를 애정 어린 눈빛으로 들춰 보고 지나갔으나 그 흔적들이 연결되어 있지 않아 아쉬웠습니다. 그래서였을 것입니다. '선생의 사상의 생태계를 제대로 그려내 보리라. 선생을 통해 비현실적인 우리 시대를 정교하고 정밀하게 들여다볼 수 있는 힘을 기르리라' 생각했습니다.

오늘도 선생의 강연을 듣습니다. 선생이 남겨주신 말씀과 그림과 문장을 듣고 보고 읽으며 순하고 선해지는 순간에 서 있습니다. 최악의 상황에 유배되어 있었으면서도 그곳에서 최선을 발견한 선생의 안목과 여유와 넉넉한 품성이 그리워지는 순간입니다. '햇빛 한 장 때문에 자살을 하지 않았다'는 선생의 고백 앞에서 욕망의 무게를 가늠해보았고, '사람이 최고의 교본'이라는 선생의 말씀 앞에서 겸손과 겸허를 읽었습니다. 무엇보다 '가장 먼 여행'을 읽으면서 실천 없는 지식의 한계를 다시 보게 되었습니다. 그러는 동안 소소한 웃음으로, 더러는 비장한 눈빛으로 '나무가 숲으로 완성'되어 가듯이 선생의 세계에 물들었습니다. 이보다 황홀한 계절은 없습니다.

지금도 이후로도 선생의 모든 이야기를 오래오래 경청할 것입니다. 선생이 염원하던 더불어 사는 세상이 실현되는 데 말석이라도 차지하고 있을 것입니다. 변방의 정신으로 무장하고 말이지요. 모든 생명을 살리며 흘러가는 물처럼 하방下方으로, 하방으로 걸어가겠습니다. 선생의 깊고 큰 발자국에 저의 작고 초라한 발이 아직 헐렁하더라도 멈추지 않겠습니다. 그런 까닭에 이 글은 선생의 사상에 대한 주석이요, 밑그림입니다. 더 깊이 있는 연구를 기다리는 또 하나의 시작입니다.

참고로 이 책의 출발점을 밝혀둡니다. 이 책은 서울특별시교육청 교육연수원의 '2018년 원격 연수 콘텐츠'로서, 인문학 특강 '신영복의 더불어 숲' 강좌의 원고를 수정 보완한 것입니다. 지난여름부터 겨울까지 세 계절을 함께하며 동고동락한 고우리 연구원과 하태훈 부장께 고마움을 전합니다. 원고 마디마디에 숨을 불어넣어 신영복 선생 곁을 풍성하게 만들어준 헤이북스 윤미경 대표께도 감사드립니다.

이 책이 선생께 누가 되지 않기를 바라며.

2019년 2월 볕 좋은 겨울
북한산 아랫마을 제각말에서 선생을 받아 적다.

차 례

일러두기

이 책의 본문 속에 실린 신영복 선생님의 글을 포함한 모든 인용 글들은 저작권자와 해당 출판사에게 이용에 대한 동의를 받았습니다. 극히 일부 연락이 닿지 않은 저작권자와 해당 출판사가 있는데, 이분들에게는 지속적으로 연락을 취하여 이용에 대한 동의를 구하겠습니다.

1

실천

머리에서 가슴, 발로 가는
가장 먼 여행

實
踐

머리가 이성적인 영역이라면, 가슴은 공감의 영역이다.
머리로부터 가슴으로 가는 것이 중요하다.
우리가 생각하라고 할 때
'전두엽에 손을 얹고 조용히 생각하라'고 말하지는 않는다.
'가슴에 손을 얹고 생각하라'고 한다.

신영복, '시민학교 특강'에서

너에게로 가는 여행

'가장 먼 여행'은 《담론》의 첫 번째 이야기입니다. 신영복 사상의 전부라고 해도 지나친 말이 아닙니다. 처음 이 이야기를 접했을 때 누구나 물리적 공간 이동을 생각합니다. 저 또한 그랬습니다. 가장 먼나라 혹은 제일 먼 여행지 등을 생각했습니다. 그러나 '가장 먼 여행'은 물리적 공간 이야기가 아닙니다. 나와 타자와의 관계 이야기입니다. 타자와의 공감과, 공감의 실천으로서의 여행이 '가장 먼 여행'입니다.

여행처럼 좋은 일은 없습니다. 떠나기 전의 설렘만으로도 여행은 우리를 서정적으로 만들어줍니다. 보이지 않던 것도 보이고 들리지 않던 것도 생생해집니다. 물론 지루하고 고단한 일상을 벗어나는 일 자체로도 행복합니다.

여행의 백미는 '낯섦'에 있습니다. 낯선 풍경과 낯선 음식들 그리고 낯선 사람들, 어느 것 하나 가슴 뛰게 하지 않는 것이 없습니다. 꽃을 피게 하려고 바람도 햇볕도 가만 숨을 죽인다는 이호우의 시 〈개화〉처럼 여행은 우리의 오감을 모두 열리게 만들어줍니다. 잊고 있던 내가 회복되는 시간이 여행입니다.

그런데 신영복의 여행은 조금 다릅니다. 그가 만들어놓은 여행은 공간 이동이 아니라 사람 이동입니다. 서울에서 광주 혹은 부산으로 가는 여행이 아니라 내가 너에게로 가는 여행입니다. 아니 내가 타자에게 이동하는 일입니다. 타자의 삶에 관계하고 그의 삶에 공감하고 그를 통해 실천하고 변화하는 것이 여행입니다. 그의 여행은 자아를 이동시키는 최고의 경험입니다. 내가 나에 머물러 있는 것이 아니라 너에게로 건너가는 것이기 때문입니다.

'너라는 여행지'는 낯설지만 아름답습니다. 여행지의 하늘이 유난히 높고 깊고 푸르듯이 '너라는 여행지'는 내가 아닌 것들로 빛이 납니다. 너는 신비로 가득 차 있습니다. 너에게 들어서면 사람도 사물도 풍경까지도 존재하는 모든 것이 낯섭니다. 너는 불편한 아름다움입니다. 아직껏 겪어보지 못한 미지의 세계입니다. 너는 낯설고 또한 나를 설레게 합니다.

흔히 여행을 말할 때 '투어tour'와 '트래블travel'을 구분합니다. 투어가 관광으로서 둘러봄이자 지나감이라면, 트래블은 자기 발견입니다. 물리적으로는 지도상의 길을 걷는 것이지만 심리적으로는 자기 안으로 들어가는 것을 트래블이라고 합니다. 여행의 고수는 자기 안을 걷는 데서 그치는 것이 아니라 타인의 삶과 교류하고 교감한다고 합니다. 여행지에서 타자의 삶과 관계를 맺는 것, 이것이 여행의 참의미라는 것입니다. 가령, 석양 녘에 이삭을 줍는 농부가 있다고 칩시다. 투어의 경우라면, 그 장면을 석양과 함께 카메라에 담을 것이고 익히 알던 밀레의 그림을 보았다는 감정에 멈출 것입니다. 이삭 줍는 농부의 표정이나 고단함은 볼 수 없거나 보려하지 않습니다. 왜냐하면 그는 농부를 본 것이 아니라 그 광경을 둘러보고 유사한 이미지를 떠올리는 데 그쳤기 때문입니다. 반면 트래블의 경우라면, 그것도 여행의 고수라면 어떻게든 농부와 자기를 연결 짓습니다. 그는 농부의 삶을 대상화하지 않습니다. 농부의 삶의 현장에 동참합니다. 그는 기꺼이 타인의 삶에 개입되는 불편함을 감수하는 사람입니다. 나를 건너서 타자에게로 향하는 여행, 이것이 신영복의 여행입니다.

신영복은 《담론》에서 '가장 먼 여행'을 '머리 → 가슴 → 발'로 이어지는 그림으로 제시합니다. 그림 세 개는 개별적이면서 또한 연속적입니다. 그림의 왼쪽은 머리, 즉 이해와 인식을 의미하고 가운데 가슴(하트)은 공감을 의미합니다. 오른쪽의 발은 실천과 변화를 의미합니다. 그림 사이에 오른쪽 방향의 화살표를 넣으면 여행의 진행 방향이 됩니다. 단절이 아니라 연속, 즉 머리에서 가슴으로 다시 가슴에서 발로 이어지는 매우 단순한 여행 지도가 완성됩니다.

사실 신영복은 복잡하게 말하는 법을 모르는 사람 같습니다. 그의 사상은 그의 삶처럼 담백합니다. 복잡한 사상도 누구나 이해할 수 있도록 단순화시킵니다. 그는 화려한 수사를 사용하지 않습니다. 어떤 어려운 사상과 사유도 그의 손에 이르면 단순해집니다. 마치 '나는 심플하다'고 선언했던 서양화가 장욱진의 단순함을 닮아 있습니다.

외면하다

수년 전의 일입니다. 젊은 엄마가 지하철 안으로 유모차를 끌고 들어왔습니다. 때마침 주변의 할머니들이 아이의 머리를 쓰다듬으며 '귀엽다, 귀엽다' 했습니다. 재래의 관습으로 보면 언제 어디서나 목격할 만한 일이었습니다. 너, 나가 따로 존재하지 않는 공동체에서는 그랬습니다. 그럼에도 아이의 엄마는 할머니들에게 거칠게 소리를 지르며 만지지 못하게 했고 심지어 우유병으로 할머니를 폭행했습니다.

이 사건은 주변에 있던 사람들뿐만 아니라 사회 전반을 충격에 빠뜨렸습니다. 젊은 엄마 입장에서 보면 위생 문제를 고려한 것일 수 있고, 아이에 대한 강한 보호 심리가 작동한 것일 수도 있습니다. 그럼에도 상식적 관점에서 보면 젊은 엄마를 이해하기 어렵습니다. 내 아이를 보호한다는 명목으로 타인을 폭행하는 것을 어떻게 이해할 수 있겠습니까. 이 사건의 파장은 여기에 머물지 않습니다. 젊은 엄마 한 사람의 문제가 아니라 우리 공동체의 민낯이 그대로 드러난 사건이기 때문입니다.

신영복은 말합니다. "하루 40여 명이 자살하는 사회다. 그럼에도 다수는 아무렇지 않다는 듯 살아 있고 살아간다. 이상하지 않은가." 이상한 일입니다. 하루에 그렇게 많은 사람들이 자살한다는 것도 이상하지만 그럼에도 아무도 반응하지 않는 것은 더 이상합니다. 시인 이성복이 그의 시 〈그날〉에서 말했던 '모두 병들었는데 아무도 아파하지 않는다'와 우리 현실은 지나치게 닮아 있습니다. 애써 외면하는 일이 어디 이뿐일까요? 지금 이 순간에도 무관심 속에 아파하는 사람들이 적지 않을 것입니다. 외면은 뼈아픈 흉기입니다.

하루 40명이 자살하는 우리 사회를 향하여 신영복은 '더불어 숲'을 대안으로 제시합니다. 혼자가 아니라 '여럿이 함께' 하자. 고립된 나무가 아니라 여럿이 어울려 더불어 숲이 되자고 말합니다. 그에게 사람이란 '한 발로 걷는 존재'에 불과합니다. 두 발이 완전함을 의미한다면 한 발은 불완전함을 의미합니다. 따라서 불완전한 존재인 내가 완전해지려면 발이 하나 더 필요한데, 그는 이를 '목발'에 비유합니다. 목발은 온전하고 완전하게 걸을 수 있는 필수 조건입니다. 신영복의 '목발'은 단순한 물질이 아니라 타인의 삶이자 살아온 내력입니다. 나의 불완전함을 해소시켜 완전한 나로 만들어줄 존재 근거입니다. 따라서 우리가 더불어 숲 안에서 서로의 목발이 되어준다면 우리의 숲은 한층 더 건강해질 것입니다. 이러한 신영복의 '함께' 철학은 그래서 우리의 존재의 근원에 관한 것입니다.

우리는 언젠가부터 뿔뿔이 흩어지고 있고 흩어져 있습니다. 오늘처럼 각자도생이라는 말이 잘 어울리는 순간도 없지 않나 싶습니다. 내가 아닌 타인의 삶은 물론 공동체를 생각할 겨를이 우리에게는 없습니다. 우리는 다만 내 한 목숨 부지하기 위해 살아 있는지도 모르겠습니다. 그런 까닭에 신영복의 사상은 더 빛이 나고 값집니다. 그의 '더불어' 살자는 논리는 '아이 하나를 키우는 데는 마을 전체가 필요하다'는 아프리카 속담과 맥이 같으며, 공자孔子가 구상한 '대동사회大同社會'와 플라톤이 그려낸 '이상理想 국가'의 모습도 있습니다. 이들 사회는 온 공동체가 아이를 키웁니다. 아이가 공동체의 미래이며 근간이기 때문입니다.

머리에 머물다

우리는 필요 이상으로 많은 것을 알고 있습니다. 반드시 알아야 할 것들에서 몰라도 그만인 것들까지 참 많은 것을 알고 있고 또 알아가고 있습니다. 자유로운 접속의 시대가 선사한 과잉 정보가 오히려 문제가 될 지경입니다. 미국의 작가 로버트 풀검Robert Fulghum은 '내가 정말 알아야 할 모든 것은 유치원에서 배웠다'고 말합니다. 한 사람으로 그리고 한 사회의 공동체 구성원으로 어떻게 살아가야 할 것인지 유치원에서 모두 배웠다는 것입니다. 공감하고도 남음이 있는 말입니다. 역설적으로 생각해보면 이후의 삶은 아는 것을 실천하는 삶이 아닐까 합니다.

문제는 생각이 생각에 멈춰 있고 아는 것이 아는 데서 멈춰 있다는 점입니다. 생각도 아는 것도 외부로 확장되지 못한 채 자기 안에 머물 때, 그것은 고여 있는 물입니다. 출구 없이 지향 없이 쌓이기만 하는 지식, 모이기만 하는 생각은 오히려 자기에게 해롭습니다. 고인 물이 썩는 것처럼 출구 없는 지식은 흉기가 될 수 있습니다. 물론 아는 것은 중요합니다. 실천의 시작이 아는 데 있기 때문입니다. 아리스토텔레스 식으로 말하자면 모르면 비겁해지고 무모해집니다. 반면 아는 것만 과도하면 만용에 빠질 수 있습니다.

신영복을 관통하고 있는 핵심 언어는 '존재로부터 관계로'가 아닐까 합니다. 물론 '공감', '공부', '함께', '숲', '연대', '변화', '실천', '자유' 이런 주옥같은 말들이 그의 사상의 집을 이루고 있습니다. 그럼에도 '존재로부터 관계로'를 으뜸으로 치는 이유는 이 말이 나머지 모두를 수렴하고 있고 나머지 모든 사상의 궁극적 지향이 여기에 있는 까닭입니다.

신영복은 개인을 두 가지 개념으로 나누어 설명합니다. 하나는 존재적 개인이고, 다른 하나는 관계적 개인입니다. 전자는 자기 존재 안에 고립되어 있는 개인이고, 후자는 전자를 넘어서 타자와의 관계 속에서 자신을 실현하는 개인입니다. 전자가 나무에 머물러 있다면 후자는 나무들이 모여서 만들어낸 숲으로 나아간 상태를 의미합니다. 숲은 건강한 나무, 병든 나무 모두를 포용하고 키 큰 나무, 키 작은 나무가 함께 어우러져 있습니다. 이를테면 '여럿이 함께' 기대어 있습니다. 이러한 그의 생각은 그의 글씨에 대한 식견에서도 발견됩니다.

실상 획의 성패란 획 그 자체에 있지 않고 획과 획의 '관계' 속에 있다고 이해하기 때문입니다. 하나의 획이 다른 획을 만나지 않고 어찌 제 혼자서 '자(字)'가 될 수 있겠습니까. 획도 흡사 사람과 같아서 독존(獨存)하지 못하는 '반쪽'인듯합니다. 마찬가지로 한 '자'가 잘못된 때는 그 다음 자 또는 그 다음 다음 자로써 그 결함을 보상하려고 합니다. 또 한 '행(行)'의 잘못은 다른 행의 배려로써, 한 '연(聯)'의 실수는 다른 연의 구성으로써 감싸려 합니다. 그리하여 어쩌면 잘못과 실수의 누적으로 이루어진, 실패와 보상과 결함과 사과와 노력들이 점철된, 그러기에 더 애착이 가는, 한 폭의 글을 얻게 됩니다.

신영복, 《감옥으로부터의 사색》의 〈서도의 관계론(關係論)〉 중에서

한 폭의 글을 얻기까지의 지난한 과정을 진술한 이 문장은 문장에 대한 이야기이면서 사람이 어떻게 완성되어 가는가에 대한 이야기입니다. 획이 획에 기대어 글자로 완성되듯 사람 또한 다른 사람 없이 독존할 수 없음과, 다른 사람을 통해 하나의 글자처럼 완성되어 가는 존재임을 강조하고 있습니다. 한 획의 실수가 다른 획을 만나 보완되듯 한 사람의 불완전함은 다른 사람과의 만남을 통해 완전해짐을 말하는 것이자, 글자가 여러 획으로 완성되듯 사람 또한 여럿이 함께 함으로써 완성됨을 이야기하고 있습니다.

머리에 머물러 있지 않으려면 타자를 만나야 하고, 타자를 만나기 위해서는 자기 바깥으로 나와야 합니다. 자기 안에 갇혀 있으면 그 무엇도 불가능합니다. 문제는 자기 바깥으로 나가는 데 결단과 용기가 필요하다는 점입니다. 자기 안은 안전하고 바깥은 불안한 세계일 수 있기 때문입니다. 안전한 안을 버리고 불안한 바깥을 선택하는 일은 결코 쉬운 일은 아닙니다. 바깥에 대한 경계는 본능 같은 것입니다. 모험보다는 안전을 선호하는 쪽으로 우리는 진화해왔을지 모릅니다. 그런 사람이 많은 사회, 그런 사람들로 구성된 공동체를 건강하다고 할 수 있을지 의문입니다.

새는 알에서 나오려고 투쟁한다. 알은 세계다. 태어나려는 자

는 하나의 세계를 깨뜨려야 한다.

헤르만 헤세, 《데미안》(전영애 옮김, 민음사) 중에서

이는 신영복이 말하는 '탈문맥脫文脈'과 같은 말입니다. '기존의 문맥을 깨뜨리자. 그래서 낡은 생각에서 벗어나자. 그리하여 변화와 창조가 가능하게 하자.' 새가 창공의 자유를 얻으려면 알을 깨야 하듯이 사람 또한 기존의 문맥을 깨뜨려야 변화와 창조의 세계를 만들 수 있습니다. 이것이 우리가 '머리'에 머무르는 삶과 결별해야 하는 가장 중요한 이유입니다. 아는 데 머무는 것은 홀로 고립되는 것과 다르지 않습니다. 머리에서 가슴으로 내려와야만 하는 필연은 그래서 성립합니다. 그냥 아는 데서 멈춰 있으면 타자와 아무런 관계를 맺지 못하기 때문입니다. 사람은 타자 없이 존재할 수 없습니다.

가슴에 이르다

이제부터 머리에서 가슴으로 내려가는 여행을 시작합니다. 이른바 '공감共感'입니다. 타자의 아픔을 이해하고 타자의 아픔 때문에 아파하는 정서적이고 감정적인 연대, 공감은 우리 시대의 화두입니다. 그래서인지 누구든 어디서든 공감이 필요하다거나 공감의 시대라는 말이 유행처럼 번지고 있습니다. 심지어 인간에 대한 새로운 학명으로 '호모 심파티쿠스Homo Sympathicus', 즉 '공감하는 인간'이란 말까지 출현하였습니다.

신영복은 공감을 '소외 구조에 저항하는 인간적 소통'이라고 명명합니다. 공감을 통해 소외를 극복하자는 주장입니다. 그의 견해에 따르면 우리 현실은 '공감 없음 = 소외'의 현장입니다. 수많은 사람들이 함께 모여 있지만 실은 제각각입니다. 도처에 이야기는 많은데 공감이 없는 현실은 상호 모순입니다. 각종 모임 장소며 SNS는 또 얼마나 잘 발달해 있습니까.

공감이라는 말의 범람이 역설적으로 공감 없는 세태를 고발하고 있습니다. 말은 넘치는데 실천은 희소하니 공감의 가치가 더 상승하는 것이겠지요. 그렇지 않다면 여기저기서 공감을 말할 필요가 없습니다. 공감 실천의 희소성이 오히려 공감을 더 귀하게 만든 것입니다.

누군가를 정말로 이해하려고 한다면 그 사람의 입장에서 생각해야 하는 거야. 말하자면 그 사람 살갗 안으로 들어가 그 사람이 되어서 걸어 다니는 거지.

하퍼 리, 《앵무새 죽이기》 (김욱동 옮김, 열린책들) 중에서

오바마 대통령이 퇴임할 때 고별사에 인용하여 유명세를 탄 명문장입니다. 소설이 발표된 시대는 인종차별이 극심하던 때입니다. 진실이 피부색에 의해 결정되던 시대였습니다. 그러므로 하퍼 리의 주장은 매우 진보적이며 불온한 것입니다. 피부색이 진실을 가늠하는 척도였던 현실에서 백인들에게 흑인의 살갗 속에 들어가 그 사람이 되어보라는 제안은 충분히 위험합니다. 다수의 백인들의 저항은 이미 예견된 현실입니다. 그럼에도 하퍼 리^{Harper Lee}는 말합니다. "진실은 피부색으로 말할 수 있는 것이 아니다. 흑인에 대한 편견을 뛰어넘어 오직 인간의 가치에 집중하라."

공감에는 용기가 필요합니다. 타인의 삶을 이해하기 위해서 그리고 정서적으로 동질화되기 위해서는 먼저 자기 편견을 깨야 합니다. 이 과정에서 신영복이 강조하는 것이 공부입니다. 공부를 통해서 공감은 가능하다고 주장합니다. 물론 이때의 공부란 단순한 지식 습득을 말하는 게 아닙니다. 그가 말하는 공부란 연결이자 관계입니다. 하늘과 땅을 연결하는 것 그리고 그곳에 그 현장에 관계하는 것이 공부입니다.

대중의 공감 능력에 대해 신영복은 낙관적입니다. 그 대표적인 사례로 그는 '가축 품평회 행사'를 듭니다. 영국의 유전학자이자 우생학優生學의 창시자인 프랜시스 골턴Francis Galton의 일화인데요. 우생학자인 골턴에게 충격을 준 사건이기도 합니다. 우생학은 인간 개인이나 인종의 형질에 우열이 있다고 보는 입장입니다.

골턴은 여행 중에 가축 품평회를 보게 됩니다. 소의 무게를 맞히는 대회가 열리고 있었습니다. 참가자들이 표를 사서 자기가 생각하는 무게를 적어 낸 뒤 나중에 소의 무게를 달아서 가장 근접한 무게를 써 낸 사람에게 소를 상품으로 주는 행사입니다. 골턴은 사람들의 어리석음을 확인하는 재미로 그 광경을 지켜보았습니다. 물론 정확하게 맞힌 사람은 없었습니다. 그런데 놀라운 것은 800개의 표 중 787개의 표에 적힌 무게의 평균이 1,197파운드였습니다. 실제로 측정한 소의 무게는 1,198파운드였습니다. 군중을 한 사람으로 보면 완벽한 판단력입니다. 골턴에게는 충격이었습니다. 집단의 지적 능력(collective intelligence)과 민주주의에 대해 다시 생각할 수밖에 없었습니다.

신영복, 《담론》의 〈가장 먼 여행〉 중에서

정리하자면 이 대회는 소의 무게를 알아맞히는 사람에게 소를 상품으로 주는 행사입니다. 사람들은 옆 사람과 어떤 협의도 없이 각자가 가늠한 무게를 써 냅니다. 놀라운 것은 그 결과였습니다. 참가자들 각자가 써 낸 무게의 평균값이 소의 무게와 매우 비슷했기 때문입니다. 신영복은 이 일화를 통해 집단 지성의 현명함을 강조합니다. 그러면서 '함께 = 지혜'임을 잊지 않습니다. 이는 곧 대중에 대한 신뢰이자 개인(나무)이 모여 만들어진 공동체(숲)의 건강성에 대한 신뢰입니다.

머리가 이성적인 영역이라면, 가슴은 공감의 영역이다. 머리로부터 가슴으로 가는 것이 중요하다. 우리가 생각하라고 할 때 '전두엽에 손을 얹고 조용히 생각하라'고 말하지는 않는다. '가슴에 손을 얹고 생각하라'고 한다.

신영복, '시민학교 특강' 중에서

모든 사람이 뜨거운 가슴을 가지고 살 수는 없습니다. 모든 사람이 열린 가슴으로 살 수도 없습니다. 그럼에도 누구든 뜨거운 가슴이 될 수 있고 열린 가슴이 될 수 있다는 믿음이 살아 있는 사회여야 합니다. 그랬을 때 우리는 '여럿이 함께'일 수 있습니다.

신영복은 '가슴으로의 여행'만으로 만족하지 못합니다. 그것은 욕심이라기보다는 인간에 대한 애정입니다. 여행이 가슴에 멈추는 것을 경계하는 것입니다. 가슴으로 하는 공감, 포용, 관용 이른바 똘레랑스tolérance는 우리 사회에 필요한 덕목입니다. 그러함에도 그는 똘레랑스를 비판합니다. 똘레랑스 자체의 한계가 아니라 우리가 똘레랑스에 멈추는 것을 염려하는 것입니다. 그는 가슴의 공존과 관용을 넘어 변화와 탈주를 주장합니다. 실천 없는 공감의 한계를 넘어서자는 것입니다. 현실을 변화시키자는 것입니다. 존재에서 관계로 나아가자는 얘기입니다.

발에 미치다

세상에서 가장 먼 여행의 마지막 담당자는 '발'입니다. 발은 바깥을 향해 있습니다. 사랑도 우정도 화합도 연대도 발로부터 시작됩니다. 신영복은 발을 '변화'라고 보았으며 '실천'이라고 말하였습니다. 또한 '삶의 현장'으로 규정하고 있습니다. 애정과 공감을 삶 속에서 실현하는 것을 발로 보았습니다. 발은 실천적이며 관계 지향적입니다.

고대 중국의 형벌 가운데 발과 다리에 가하는 형벌이 있습니다. 발뒤꿈치를 자르는 월형刖刑과, 무릎 연골을 잘라내는 빈형臏刑이 그 것입니다. 두 형벌 모두 걷지 못하게 만들어버립니다. 신체적 고통보다는 인간이란 존엄을 추락시키는 형벌로 더 이상 관계 맺음이 불가능한 인간을 만드는 데 그 목적이 있다 하겠습니다. 이렇게 보면 발이 변화이며 관계이자 실천 기관임이 자명해집니다.

신영복은 여기서 한 걸음 더 나아가 실천적 삶을 강조하기 위해 고사 '우공이산愚公移山'을 등장시킵니다. '어리석은 노인이 태산을 옮긴다'는 허무맹랑한 이야기입니다. 누가 듣더라도 그게 말이 되나 싶을 만큼 공감하기 어려운 이야기입니다. 그럼에도 《나무야 나무야》, 《처음처럼》 등 선생의 저작마다 자주 등장하는데, 그 이야기는 이렇습니다.

태항산(太行山)과 왕옥산(王玉山) 사이의 좁은 땅에 우공(愚公)이라는 아흔이 넘은 노인이 살고 있었습니다. 큰 산이 앞 뒤를 막고 있어서 가족들과 두 산을 옮기기로 의논을 모았습니다. 우공은 세 아들과 손자들을 데리고 돌을 깨고 흙을 파서 삼태기로 발해(渤海)까지 갖다 버리기 시작했습니다. 흙을 파는 것도 큰일이지만 파낸 흙을 버리기 위해서 발해까지 갔다 돌아오는 데 꼬박 일 년이 걸렸습니다. 지수(智)라는 사람이 '죽을 날이 멀지 않은 노인이 정말 망령'이라며 비웃었습니다. 우공이 말했습니다. '내가 죽으면 아들이 계속하고, 아들이 죽으면 또 손자가 그 일을 잇고 그리하여 자자손손(子子孫孫) 계속하면 산은 유한하고 자손은 한할 터인즉 언젠가는 저 두 산이 평평해질 날이 오겠지요.' 우공의 끈기에 감동한 옥황상제가 태항산은 삭동(朔東) 땅으로, 왕옥산은 옹남(雍南) 땅으로 옮겨 주었습니다. 마오쩌둥은 우공이산의 우화 중에서 옥황상제가 산을 옮겨 주었다는 부분을 민중이 각성함으로써 거대한 역사를 이룩한다는 내용으로 바꾸었습니다.

신영복,《처음처럼》의 〈우공이산〉 중에서

이 이야기를 읽노라면 과연 우공이 어리석은 것일까 하는 생각이 듭니다. 오히려 우공의 실천성이 돋보이기 때문입니다. 우공은 '발'을 가지고 있습니다. 그는 자신을 가로막고 있는 태항산과 왕옥산을 옮겨서 삶을 변화시키고자 합니다. 물론 이웃의 비웃음거리가 되고 있지만 인생의 긴 호흡에서 보면 우공은 참으로 지혜로운 사람입니다. 그는 신영복이 그토록 강조하는 실천하는 존재입니다.

그의 안목은 꽤 거시적입니다. 혼자 모든 것을 다 이루고자 하지 않습니다. '내가 옮기다 못 옮기면 아들이 옮기면 되고, 아들이 옮기다 못 옮기면 손자가 옮기면 된다'는 그의 생각은 실천하는 삶의 연속성을 강조한 것입니다. 이는 '변화를 한 번에 완성할 수 없다'는 신영복의 주장과 그 궤가 같습니다. 게다가 미래 낙관까지 닮았습니다. 낙관은 아무것도 하지 않으면서 몽상이나 하는 것과는 차원이 다릅니다. 그는 아니 그의 가족들은 불편한 현실을 변화시키기 위해 매일 매시간 노력하고 있고 그 노력은 그 자체로 삶이 되어 있습니다. 이는 신영복의 생각과 맞닿아 있습니다. '길은 이미 만들어져 있는 것이 아니라 가다 보면 생긴다'는 신영복의 논리와 그 맥락이 같습니다.

신영복은 변화를 강조합니다. 자신의 생각과 자신의 앎을 실천하는 삶을 중요하게 여깁니다. 따라서 머리에서 가슴, 그리고 가슴에서 발로 이어지는 여행은 변화를 의미합니다. 변화의 장소는 중심이 아니라 변방이고 변화의 방법은 공부입니다. 그가 공부에 대단한 애정을 보여주는 이유입니다. 여행 또한 공부입니다.

여행의 출발이 머리라면 발은 내가 다른 사람으로 건너가는 시작점으로 실천을 의미합니다. 머리가 생각을 의미하고 가슴이 관용과 포용의 공감 공간이라면 발은 생각과 공감을 실현하는 삶의 현장입니다.

그런데 발은 늘 경계에 있습니다. 한 걸음 발을 내딛을 때마다 나를 건너 내가 아닌 것에게로 이동하게 됩니다. 따라서 걷는 내내 나는 나를 건너가는 것이고 또한 나를 넘어서는 것입니다. 뿐만 아니라 타자와 관계 맺는 일입니다.

어느 철학자는 다음과 같이 말했습니다. '자신의 신체의 넓이가 한 사람에게 허용된 자유의 최대화다.' 이는 자유의 범위가 그만큼 좁다는 것을 말하는 것이 아닙니다. 그보다는 자유의 불가피성을 말하는 것입니다. 나의 자유는 불가피하게 타인의 자유를 침해할 수밖에 없다는 뜻입니다. 그런데 타인의 자유 침해를 다른 관점에서 보면 타인과 관계를 맺는 순간으로 볼 수 있습니다. 내가 나의 바깥으로 이동하는 일은 나의 변화의 시작이자 타인과 관계 맺는 순간이라는 것입니다. 철학자 들뢰즈 식으로 말하자면 어차피 자아란 조각난 세계입니다. 이 조각난 불완전성을 보완해주는 존재가 타자이므로 우리는 나를 완성하기 위해서라도 타자와 관계를 맺어야만 합니다.

다음 두 편의 시는 신영복의 '존재'와 '관계'를 잘 보여주고 있습니다.

> 내가 그의 이름을 불러주기 전에는
> 그는 다만
> 하나의 몸짓에 지나지 않았다.
> ......
> 내가 그의 이름을 불러준 것처럼
> 나의 이 빛깔과 향기에 알맞은
> 누가 나의 이름을 불러다오.
> 그에게로 가서 나도
> 그의 꽃이 되고 싶다.
>
> *김춘수, 〈꽃〉 중에서*

이 시는 존재에 관한 것입니다. 무의미했던 그가 유의미해진 것처럼 나 또한 유의미한 존재가 되고 싶다는 것이 이 시의 중심 이야기입니다. 무의미한 그를 유의미한 존재로 변화시킨 것은 나의 호출 행위입니다. 즉 그는 내가 불러주어서 하나의 유의미한 존재가 됩니다.

그런데 문제는 내가 아직 유의미한 존재가 아니라는 점입니다. 유의미한 존재가 되고 싶은데 혼자서는 될 수가 없습니다. 누군가가 나를 불러주어야 합니다. 시적 화자는 지금 그 누군가를 기다리고 있습니다. 그와 나는 상호적인 관계가 아닙니다. 나는 그의 이름을 불러주었지만 나의 이름을 불러준 누군가는 없습니다. 그러므로 나는 지금 고립된 존재에 머물러 있습니다.

〈꽃〉은 우리에게 질문을 던지고 있습니다. '나는 왜 스스로 내가 되지 못하는가?', '내가 되기 위해서는 왜 네가 필요한가?' 이러한 질문은 '내가 존재하기 위해서 타자의 존재가 절대적으로 필요하다. 나의 존재 근거는 타자다. 혼자서는 아무것도 될 수 없다'를 역설한 것입니다. 신영복은 이를 가리켜 '사람은 서로 기대 있고, 기대어 더 단단해진다'고 말합니다. 인간관계는 상호적이며 상호적 관계 아닌 것이 없다는 논리입니다.

〈꽃〉은 아직 존재에 머물러 있는 시입니다. 존재에서 한 걸음 나아가 관계가 되지 못한 한계적 상태입니다. 신영복이 강조하는 '여럿이 함께'에 이르지 못했습니다. 〈꽃〉에 비하면 자아가 관계로 확장된 대표적인 시는 김남주의 〈함께 가자 우리 이 길을〉입니다.

> 함께 가자 우리 이 길을
> 셋이라면 더욱 좋고 둘이라도 함께 가자
> 앞서가며 나중에 오란 말일랑 하지 말자
> 뒤에 남아 먼저 가란 말일랑 하지 말자

둘이면 둘 셋이면 셋 어깨동무 하고 가자

투쟁 속에 동지 모아 손을 맞잡고 가자

열이면 열 천이면 천 생사를 같이 하자

둘이라도 떨어져서 가지 말자

가로질러 들판 산이라면 어기여차 넘어주고

사나운 파도 바다라면 어기여차 건너주자

고개 너머 마을에서 목마르면 쉬었다 가자

서산낙일 해 떨어진다 어서 가자 이 길을

해 떨어져 어두운 길

네가 넘어지면 내가 가서 일으켜주고

내가 넘어지면 네가 와서 일으켜주고

산 넘고 물 건너 언젠가는 가야 할 길 시련의 길 하얀 길

가로질러 들판 누군가는 이르러야 할 길

해방의 길 통일의 길 가시밭길 하얀 길

가다 못 가면 쉬었다 가자

아픈 다리 서로 기대며

김남주, 〈함께 가자 우리 이 길을〉

생각해보면 이 시에는 신영복 사상의 고갱이가 모두 모여 있습니다. '함께', '서로', '기대', '하나 됨' 그리고 실천적 삶, 이 모두가 모여서 한 편의 시의 생태계를 이루고 있습니다. 신영복의 '더불어 숲 = 여럿이 함께'를 가장 잘 드러낸 시입니다. 더 나아가 이 시는 존재에

머물러 있던 〈꽃〉에서 걸어 나와 관계로 확장된 세계를 보여주고 있습니다.

> 머리는 사람을 '개인'이라 생각하지만 발로 오면 사람은 '관계'가 된다. 관계를 형성함으로써 개인이 안정화된다. 관계 속에 서야 한다. 나도 처음엔 감옥에서 왕따였는데, 관계 단계로 오니 감옥이 정말 든든해졌다.
>
> 신영복, '시민학교 특강' 중에서

신영복 사상의 거처에 들 때면 인간이 만든 가장 아름다운 말은 무엇일까 곱씹게 됩니다. 아무리 고민에 고민을 거듭해도 버릴 말이 없기 때문입니다. 말의 선후를 정할 수 없기 때문입니다. '사랑', '공감', '연대', '함께', '창조', '더불어', '포용', '관용', '관계' 어느 것 하나 아름답지 않은 것이 없습니다. 그럼에도 앞의 인용문과 연계하여 단 하나의 단어를 선택하라고 한다면 그것은 단연 '관계'가 아닐까 합니다. 읽으면 읽을수록 유난히 빛나는 '관계'라는 말 때문에 서로 기댈 수 있고 더불어 살 수 있으며 연대도 공감도 가능합니다. '왕따였던 내게 감옥이 든든해진 것은 관계 덕분이었다'는 그의 고백은 그래서 울림이 큽니다.

'관계'는 결과가 아니라 과정입니다. 내가 나의 바깥으로 나가야 타자를 만날 수 있고 거기서 연대와 공감도 가능합니다. 내가 내 안에 머물러 있으면 관계는 불가능합니다. 신영복은 '존재에서 관계로'를 강조합니다. 내가 나라는 존재를 넘어서 우리라는 관계로 나아갈 것을 주문하고 있습니다. 그랬을 때 변화와 창조의 '가장 먼 여행'이 가능해집니다. 머리에서 가슴을 거쳐 발로 가는, 즉 생각에서 공감을 거쳐 실천으로 나아가는 것은 과감히 관계로 나아갈 때 가능한 것입니다. 신영복의 말처럼 사람은 사실상 사람이라는 관계를 통해 사람으로 존재할 수 있습니다.

그는 《감옥으로부터의 사색》에서 관계 가운데 최고의 형태를 '입장의 동일함'이라고 주장합니다. 입장이 동일한 사람을 만나는 일은 쉽지 않습니다. 애초부터 입장이 동일한 사람은 없을지도 모릅니다. 우리는 모두 조금씩 다른 존재이기 때문입니다. 그러므로 입장의 동일성이 관계의 최고 형태라면 그것은 처음부터 나와 입장이 같은 존재를 의미하는 것이 아닐 것입니다. 그편보다는 서로 다른 존재끼리 이해하고 공감하며 실천하는, 말하자면 세상에서 가장 먼 여행을 하는 과정에서 동일한 입장을 형성하는 것이라고 봐야 합니다. 그랬을 때 오늘 우리의 여행은 더 나은 관계와 공동체를 위한 가장 위대한 첫걸음이 될 것입니다.

2

자유

갇혀 있는 우물에서
벗어나기

우물 안 개구리에게는 바다를 이야기할 수 없다.
한곳에 매여 살기 때문이다.
메뚜기에게는 얼음을 이야기할 수 없다.
한 철에 매여 살기 때문이다.

신영복, 《강의》의 〈장자의 소요〉 중에서

우물 안의 삶

지구상에 우물은 몇 개쯤 있을까요? 셀 수도 없을 만큼 많겠죠. 물리적인 우물이든, 심리적인 우물이든 그 수량을 헤아리기 쉽지 않을 것입니다. 어쩌면 사람 수만큼 혹은 그 이상으로 존재할지 모릅니다. 도처에 우물이 있고 새로운 우물이 만들어지고 있습니다. 그러므로 개수를 묻는 것은 무의미합니다.

상식으로만 보면 우물은 목마름을 해결하기 위한 수단입니다. 우리의 생존과 직결되어 있습니다. 우물이 고마운 이유는 그 하나로 충분합니다. 우물의 역할은 거기까지입니다. 그럼에도 사람들은 우물을 버리지 못하고 거기에 갇힙니다. 우물의 고마움을 잊지 못하는 것이야 인지상정이니 나무랄 일은 아닙니다. 우물에 갇힌다는 것은 수단에 갇힌다는 말과 다르지 않습니다. 신영복은 우물에 갇히지 말라고 합니다. 우물에 갇혀 있는 삶에서 벗어나자고 합니다. 그에게 우물이란 억압이자 편견이며 완고한 인식의 틀입니다.

신영복이 말하는 우물은 《장자莊子》에서 따온 것입니다. 그의 우물은 물을 긷는 물리적 우물이 아닙니다. 상징이자 비유입니다. 인간을 가두거나 인간이 갇히는 그 모든 것이 우물입니다. 정신적이며 심리적인 갇힘과 가둠, 말하자면 신영복과 장자의 우물은 자유의 대립적 개념입니다. 우물은 하나의 세계입니다. 생각이며 습관이기도 합니다. 애초에는 필요한 도구에 지나지 않았으나 시간이 흐르면서 우리를 지배하거나 가두고 우리가 갇히는 '그 무엇'이 우물입니다. 우물은 도처에 아주 많습니다. 가령 삶의 편리와 편의와 이익과 유익을 위해 만든 수단인 법과 제도, 관습과 문화, 도시와 시스템 등등이 그 것들입니다. 이들을 통해 인간의 삶은 안전하고 풍요롭게 발전해 왔 습니다. 문제는 사람의 필요에 의해 만든 수단과 그것을 만든 사람 의 관계가 역전되었다는 점입니다. 사람을 위한 수단이 아니라 수단 을 위한 사람처럼 되어 가고 있습니다.

운명이라는 우물

지금 우리는 최첨단 과학의 시대에 살고 있습니다. 과학적인 증명을 통해 미지의 것들을 발견하고 밝혀내어 인식의 지평을 넓혀 왔으며, 이 순간에도 인간의 노력은 멈춤 없이 진행되고 있습니다. 그런 한편 에서 우리는 운명에 붙잡혀 있습니다. 최첨단이 무색할 만큼 점집이 성황 중입니다. 관상이며 수상, 별자리, 심지어 혈액형까지 우리를 기 웃거리게 합니다. 이른바 운명론입니다. 어느 누구도 운명이 있는지 없는지 단언할 수 없는 까닭에 운명론의 여세가 만만치 않습니다.

이번 생이 팍팍하고 신산하여 다음 생에 기대거나 이전 생을 들 추는 것이 비이성적이라고 비난할 문제만은 아닙니다. 우리는 여전 히 미스터리한 존재이기 때문입니다. 많은 사람들이 운명에 관심을 가지고 있고 또 믿는 이유는 자신의 미스터리함을 풀어보고자 하는 측면도 있습니다. 인간의 정체성 측면에서 보면 유익한 면도 없지 않 습니다. 나의 시작과 끝 그리고 이어짐, 이런 문제에 대한 관심은 인 간 정체성을 찾기 위한 기초적이며 근원적인 사유이기 때문입니다.

이러한 논의는 결과적으로 운명결정론과 자유의지론의 뜨거운 논쟁으로 이어집니다. 그 가운데 나폴레옹 이야기를 빼놓을 수 없습니다. 이미 서울대 논술에 출제되어 더 유명해진 이 이야기는 다음과 같습니다.

"이탈리아 원정을 준비하고 있던 나폴레옹은 점을 치는 산파를 찾아가 손금을 봅니다. 산파는 나폴레옹의 손금이 너무 좋다는 말을 해줍니다. 그런데 중간의 한 부분이 끊어져 있는데, 그 때문에 원정에 실패할 것임을 예견합니다. 산파의 이야기를 들은 나폴레옹은 즉석에서 칼을 뽑아 손금의 끊어진 부분을 그어버렸습니다. 끊어진 손금을 칼에 베인 상처로 연결한 것입니다. 그리고 원정을 떠나 이탈리아를 굴복시킵니다."

나폴레옹의 손금 문제는 '인간에게 자유의지가 있는가?'를 묻는 것입니다. 이 이야기에는 모순이 존재합니다. 결정된 운명에 저항하여 손금을 칼로 그었다는 논리는 자유의지이지만, 그 행위가 지향한 것은 결정된 운명이기 때문입니다. 따라서 두 논리는 극단적이며 이분법적입니다.

'인간에게 자유의지가 있는가?'에 대한 뜨거운 논쟁은 유사 이래 여전히 지속되고 있습니다. 자유의지론자들은 '삶은 이미 운명적으로 결정되어 있다'는 논리에 맞서 '그렇지 않다. 삶은 결정된 그 무엇이 아니라 사람의 자유의지에 따라 만들어지는 것이다'라고 항변하고 또 반박하고 있습니다. 하지만 여전히 운명결정론의 위세는 만만치 않습니다.

자유의지란 자신의 행동과 결정을 스스로 조절하고 통제할 수 있는 능력을 말합니다. 만약 자유의지를 믿지 않는다면 삶은 내가 아닌 다른 이의 의지에 따라 결정된 그 무엇에 지나지 않게 됩니다.

　신영복의 '우물'에 빗대면 이 운명 또한 사람들의 필요에 의해 만들어진 우물입니다. 사람을 넘어서 존재하는 초월적 그 무엇이 아니라 사람들의 필요가 만들어놓은 허상입니다. 그 허상이 전망 부재의 현실을 견디기 위한 것이든, 실제로 존재하는 것이든 운명이 강해질수록 현실은 취약해집니다. 나의 의지와 자유는 보잘것없는 것으로 전락하고 맙니다.

　사람들은 우물에 기대어 살아갑니다. 누군가가 파놓은 우물이든, 자기 스스로 판 우물이든 우물 안의 삶에 익숙하고 친숙합니다. 우물을 '안전'의 세계로 인식하기 때문입니다. 불안이 제거된 우물의 매력은 누구라도 선호할 수밖에 없습니다. 그러나 나를 보호하고 보존할 수는 있어도 나를 더 발전시킬 수는 없습니다. 신영복의 주장처럼 우물은 변화와 창조가 불가능한 세계입니다. 무정란의 세계입니다. 변화와 창조를 위해서는 다른 존재들과 만나야 합니다. 다른 세계와 교류하고 연대해야 합니다. 우물은 고립된 개인에 머물러 고정되어 있습니다. 이런 까닭에 신영복은 우물이라는 간힘으로부터 벗어나자고 주장합니다. 간힌 우물에서 벗어나 자유를 되찾자고 말합니다.

우물에서 벗어나자

신영복은 장자莊子 철학의 핵심을 '탈정脫井'이라고 주장합니다. 탈정은 우물에서 벗어나는 행위입니다. 우물은 물 긷는 장소가 아니라 '우리가 갇혀 있는 좁고 완고한 사유'를 말하기에, 탈정이란 궁극적인 자유를 지향하는 행위입니다.

> 우물 안 개구리(井底蛙)에게는 바다를 이야기할 수 없다. 한곳에 매여 살기 때문이다. 메뚜기에게는 얼음을 이야기할 수 없다. 한 철에 매여 살기 때문이다.
>
> 신영복, 《강의》의 〈장자의 소요〉 중에서

신영복이 밝히고 있듯 이 내용은 《장자》 외편外篇 〈추수秋水〉에 나오는 이야기입니다. 이를 근거로 보면 '우물'의 정체가 분명해집니다. 여러 곳이 아니라 특정한 한곳이자 여러 계절이 아니라 오직 한 철에 매여 사는 삶이 우물입니다. 이는 시공간적으로 변화 없음 혹은 고정되어 있음을 의미합니다. 사유에 견주면 변화 없고 고정된 사유, 즉 고정관념과 편견이 됩니다. 고정관념과 편견은 다른 것을 수용하지 못하고 오직 자기 것만 고집하기 때문에 흉기와 다르지 않습니다. 나와 다른 것을 인정하지 않는 폐쇄적 사유입니다. 우물에는 이러한 시간과 공간 개념만 있지 않습니다. 상황 또한 비유되어 있는데 '매여 있음'이 그것입니다. 이동의 자유도 변화의 자유도 없이 붙박여 있는 상황, 이것이 우물이고 그 우물에 사는 존재가 '우물 안 개구리'입니다. 우물 안에서 보이는 작고 보잘것없는 하늘을 하늘의 전부라고 믿고 살아가는 우물 안 개구리, 또한 새로운 것을 수용하지 못하는 변화 불능의 완고한 사유를 가진 우물 안 개구리와는 장자도 신영복도 '바다를 이야기할 수 없다'고 말합니다. 바다는 우물과 대립되는 세계이며 절대 자유의 세계입니다. 우물의 시선으로는 절대 자유의 세계인 바다를 제대로 볼 수 없습니다.

우물 안 개구리와 대립되는 삶은 '소요逍遙'입니다. 소요란 '아무 거리낌 없는 삶'을 의미하므로 우물의 삶이 억압과 구속이라면 소요는 자유 그 자체입니다. 장자도 신영복도 우리에게 소요로서의 삶을 권장하는 이유입니다. 어디에도 얽매임 없는 자유의 절대 경지를 우리에게 제안하고 있는 것입니다.

> 사람들은 대체로 자기의 생각에 갇혀서 자기를 기준으로 해서 다른 것들을 판단합니다. 한 개인이 갇혀 있는 문맥 그리고 한 사회가 갇혀 있는 문맥을 깨닫는다는 것은 어쩌면 당대 사회에서는 불가능한 일일지도 모릅니다.
>
> 신영복, 《담론》의 〈양복과 재봉틀〉 중에서

신영복은 자기 문맥, 사회와 시대의 문맥을 깨닫는 것의 어려움을 토로하고 있습니다. 시선의 객관화가 어렵다는 뜻입니다. 누구든 자기의 경험치로 판단하고 평가하는 까닭입니다. 이를 넘어서기 위해 신영복은 장자의 탈정의 논리를 강조했습니다. '자기라는 문맥을 넘어서서 타자와 교감하고 공감하자. 그리하여 자기 시대의 가치와 이념, 규범과 질서를 뛰어넘어 변화와 창조의 더 나은 세계로 나아가자'고 말이지요.

우리를 가두고 있는 효율성의 논리

당신은 무엇에 갇혀 있습니까?

사람은 누구나 자신의 세계에 삽니다. 물론 세계를 뛰어넘는 사람도 없지는 않을 테지만, 절대 다수는 세계 안에서 살아갑니다. 세계가 만든 규칙, 제도, 관념, 이념 등을 지키고 따르며 살아갑니다. 혼란스런 변화보다는 안정을 선호하며 살아갑니다. 만약 이를 뛰어넘으려는 자유로운 개인이 있다면 그는 무수한 저항에 시달려야 할 것입니다. 세계의 안정을 해치는 행위로 비춰질 것이기 때문입니다.

그러므로 우리는 항상 어떤 선택 앞에 있습니다. '기존의 논리를 따를 것이냐, 새로운 논리를 만들 것이냐'에서부터 '할 것이냐, 말 것이냐', '나아갈 것이냐, 멈출 것이냐' 등등의 선택 앞에 우리는 불려 다닙니다. 하다못해 '짜장면이냐, 짬뽕이냐' 앞으로도 매일 불려 갑니다. 어떤 선택이라도 해야만 이런 강요 아닌 강요는 끝납니다. 이러한 선택은 일회성으로 종결되지 않고 살아가는 내내 이어집니다.

프랑스의 실존주의 철학자 사르트르Jean-Paul Sartre는《존재와 무

L'Être et le Néant》에서 '인생은 B와 D 사이의 C'라고 했습니다. 아시다시피 B는 '태어남'을 뜻하는 'birth'이고, D는 '죽음'을 의미하는 'death'입니다. 그 사이의 C는 'choice', 즉 '선택'을 의미합니다. 인생은 선택의 연속이고, 한 사람의 선택을 모아놓으면 그것이 그 사람이라는 말입니다. 이렇게 보면 삶을 가르는 것은 B도 D도 아닌 'C'인 셈입니다. C를 무엇으로 보느냐에 따라 인생은 전혀 달라집니다. 사르트르처럼 C를 선택으로 볼 경우도 있겠지만 '창조'를 의미하는 'creative'로 이해할 수도 있으며, '연대와 연합'을 의미하는 'combine'으로 이해할 수도 있습니다. '부자 되세요'라는 덕담이 오고 가는 현실에서 보면 '자본'을 뜻하는 'capital'을 떠올릴 수도 있겠지요.

'concern 영향을 주다, committment 약속, certificate 입증하다, circulate 순환하다, customer 소비자, contact 연락하다, culture 문화, cuisine 요리, church 교회, catholicism 가톨릭 ……' 이런 단어들도 얼마든지 C가 될 수 있습니다. 그럼에도 오늘의 경제체제를 생각해보면 C는 '자본주의'를 의미하는 'capitalism'이 아닐까 싶습니다.

자본주의의 동력 가운데 하나는 효율성의 논리입니다. 효율성은 투자에 따른 결과의 비율이 높은 특성을 말합니다. 말하자면 최소 투자로 최대 효과를 보는 것이지요. 따라서 효율성의 논리는 결과를 중요시합니다. 결과가 좋으면 과정을 문제시하지 않습니다. 결과의 이익이 과정의 부도덕함을 감추어주기도 합니다. '어떤 수단을 동원해서라도 이익을 창출하라.' 이러한 의식이 우리를 지배하고 있습니다. 효율성이 지배하는 현실에서 도덕은 설 자리가 없습니다. 오히려 무능의 또 다른 이름으로 여겨질 뿐입니다. '그 사람 참 도덕적인데 능력은 없어.' 이런 말은 그래서 우리를 더 아프게 합니다. 도덕성이 능력으로 연결되지 않더라도 도덕성이 무능과 같은 의미로 이해된다면 어느 누가 도덕적으로 살고자 하겠습니까.

> 오늘날 우리에게는 기계와 효율성에 대한 반성이 필요하다고 생각합니다. 이러한 반성이 효율성 논의에 그치지 않고 근대 문명에 대한 반성으로 이어질 수 있어야 한다고 생각합니다. 기계보다는 사람을 소중하게 생각하고 효율성보다는 깨달음을 소중하게 여기는 문화를 복원해가야 한다고 생각합니다. 그러나 절망적인 것은 우리의 현실이 그러한 반성을 원천적으로 봉쇄하고 있다는 사실입니다.
>
> 신영복, 《강의》의 〈장자의 소요〉 중에서

신영복은 '효율성에 대한 우리 시대 신화에 대해 반성하자'고 얘기합니다. 효율성에 대한 사람들의 추종과 맹신을 경계합니다. 그는 '효율성보다 깨달음을, 기계보다 사람을' 귀하고 중요하게 여깁니다. 그럼에도 우리는 올림픽 구호처럼 '더 빨리, 더 높이, 더 힘차게'를 경쟁적으로 외치고 있습니다. 우리는 이미 효율성의 신실한 신도들입니다.

이렇게 보면 우리를 가두고 있는 우물 하나는 분명해집니다. 효율성이 그것입니다. 효율성에는 속도 개념이 포함되어 있는데, 이 속도에 한 번 올라타면 호랑이 등에 올라탄 것처럼 좀체 브레이크를 밟을 수 없습니다.

'속도를 줄이면 사람이 보입니다.' 동네마다 하나쯤 걸려 있었던 현수막 내용입니다. 지나가던 사람들의 발걸음을 반 박자 정도 느리게 만드는 문구입니다. 우리는 지나가는 데 익숙하고 지나치는 데 능숙합니다. 마땅히 보고 느끼고 참여할 것들 사이를 애써 통과합니다. 이런 속도전은 오늘도 진행 중입니다. 동물의 세계에서는 빠름이 유리함으로 작용합니다. 천적의 공격으로부터 피하는 한 박자 빠름, 또한 먹이를 사냥할 때의 한 박자 빠름은 생존과 연결되어 있기 때문입니다. 사람도 이와 다르지 않다고 하면 조금 섭섭할지 모릅니다. 그런데 변론의 여지가 없습니다. 우리는 나날이 빨라지고 있습니다. 생존 경쟁이 삶의 근거 같다는 착각이 들 정도입니다. 그 치열한 경쟁의 끝이 무엇인지 아무도 알지 못합니다.

이러한 효율성에는 속도 개념 외에도 비교 개념이 포함되어 있습니다.

스스로를 가장 빨리 불행하게 만드는 방법을 찾고 있다면 '비교'를 추천한다. 그건 실패가 없는 가장 확실한 방법이다.

하완, 《하마터면 열심히 살 뻔했다》 (웅진지식하우스) 중에서 비교에 관한한 가장 압도적인 문장입니다. 우리가 비교를 신경질적으로 싫어하는 이유가 여기에 들어 있습니다. 불행해지기 싫은 까닭이지요. 그런데 비교는 곧 지옥이라는 논리, 비교는 곧 불행이라는 이 논리도 관점 하나를 바꾸면 이야기는 달라집니다. 비교 열위가 아니라 비교 우위에 있을 때는 얼마든 비교를 허용하고 찬양한다는 점입니다. 즉, 내가 더 나을 때는 비교에 대해 거부하지 않습니다. 우월하다는 의식이 주는 일종의 착시를 즐기는 것이지요.

자본주의적 효율성은 이 부분을 적극 공략합니다. '당신도 저 사람처럼 될 수 있다. 당신은 저 사람보다 더 나아질 수 있다.' 그런데 어떤 자본주의도 이런 식으로 대놓고 말하지는 않습니다. 우회적으로 말하는 편이지요. '아무나 가질 수 있다면, 누구든 해낼 수 있다면.' 이런 식의 논리는 항상 상대적입니다. 누군가와의 비교가 전제되어 있습니다. 우리는 언제부턴가 이런 삶에 익숙하고 더러는 자발적으로 동참하고 있습니다. '더 가질 수 있고 더 높아질 수 있고 더 성공할 수 있다면 뭐든 못하겠어.' 오늘도 우리는 효율성의 신화를 이루기 위해 자신의 모든 것을 바치고 있습니다.

효율성의 우물에서 벗어나는 법 – 성찰

갇히는 것을 좋아하는 존재는 없습니다. 새도 고양이도 하다못해 어항 속의 금붕어도 그렇습니다. 살아 있는 존재는 본능적으로 자유를 희구합니다. 사람도 예외는 아닙니다. 갇힘이든 가둠이든 사람은 속박을 싫어합니다. 물론 생물학적으로 보면 누대에 걸쳐 형성된 유전자로부터 자유로울 수는 없습니다. 유전자에 속박 당한 채 살아가도록 만들어진 것일지도 모릅니다. 그러나 아무리 완고한 유전자라도 한 개인의 모든 것을 가둘 수는 없습니다.

문제는 인간이 만든 것들에 인간이 갇히는 경우가 많다는 점입니다. 대표적인 것이 개념과 이념입니다. 이들은 우리 안으로 들어와서 좀처럼 나가지를 않습니다. 환경과 시대가 바뀌어도 변화하지 않습니다. 애초의 것대로 있으면서 우리 안을 지배합니다. 새로운 개념이나 이념을 수용하지 않습니다. 이들의 주인 행세가 길어질수록 우리는 변화에 둔감해지고 완고한 고집불통이 되고 맙니다. 그건 바로 고정관념입니다. 관념은 흘러 다녀야 합니다. 신영복이 말한 것처럼 물처럼 흘러 다녀야 고이지 않습니다. 고인 물은 썩기 마련이고 어떤 생기나 생명력도 없습니다. 관념 또한 그러합니다. 고이면 흉기가 될 뿐입니다. 그럼에도 한 번 형성된 고정관념은 마치 내 생각인 것처럼 여겨지며 나를 가두어버립니다.

무릇 재물은 우물과 같다. 우물물은 퍼서 쓸수록 자꾸 채워지는 것이고, 이용하지 않으면 말라버리고 마는 것이다.

박제가朴齊家, 《북학의北學議》 중에서

조선 후기의 실학자 박제가가 말한 '우물론'은 경제순환의 중요성을 지적한 것이지만, '재물'을 '관념'으로 치환하면 다음과 같은 문장이 됩니다. '무릇 관념은 우물과 같다. 관념은 퍼서 쓸수록 채워지는 것이고, 이용하지 않으면 고여서 썩고 만다.' 우물은 본래 고여 있는 물입니다. 우물을 흐르게 할 방법은 하나인데 그 방법은 자꾸 퍼서 쓰는 것입니다. 퍼서 쓰는 행위를 통해 물은 고임에서 벗어나 흐르는 물이 될 수 있고 우물에서 벗어날 수 있습니다.

이것이 앞에서 논의했던 신영복의 '탈정'입니다. 우물 안에 고이는 것이 아니라, 우물 안에 갇히는 것이 아니라 자꾸 우물 밖으로 나가는 것입니다. 자기의 생각에 고여 있지 말라는 신영복의 주장은 그가 말한 탈문맥과 같은 궤에 있습니다. 그는 사람을 자기 생각에 갇혀 살아가는 존재로 인식합니다. 그러나 신영복은 한 개인이 갇혀 있는 문맥 그리고 한 사회가 갇혀 있는 문맥을 깨닫는 것은 당대 사회에서는 불가능한 일인지도 모른다고 말합니다. 자신을 성찰하고 당대를 성찰하는 것의 어려움을 이야기한 그의 말에는 그래서 성찰이 중요하다는 함의가 들어 있습니다. 신영복이《장자》가운데 '불구의 산모 여지인' 이야기에 특별한 애정을 표하는 이유이기도 합니다.

불구자 산모가 깜깜한 밤중에 혼자서 아기를 낳고 그 무거운 몸으로 급히 불을 켜서 자기가 낳은 아기를 지켜보았다. 급히 불을 켜서 아기를 본 것은 아기가 불구인 자기를 닮지 않길 바라는 마음이었다.

신영복,《담론》의 〈양복과 재봉틀〉 중에서

신영복은 이 예화에서 산모의 자기 성찰에 주목합니다. 자기가 불구자라는 산모의 성찰은 신영복으로 하여금 '우리들은 어떤가'라는 질문을 마주하게 했습니다. 나는 그리고 우리는 자신을 얼마나 성찰하고 있는가? 신영복이 우리에게 던지는 또 하나의 과제입니다.

성찰을 위해서는 속도를 늦추어야 하고 효율성으로부터 벗어나야 합니다. 우리는 지금 너무 빠르고 급하며 경제적 가치만을 절대화하고 있습니다. 조금 더 느려져야 사물도 사람도 그리고 나 자신도 자세히 볼 수 있습니다. 효율성보다 더 중요한 가치를 성찰할 수 있습니다. 한때 유행했던 '느림의 미학'은 그래서 여전히 유효합니다.

노동이 만들어내는 인간이라는 이름

기계 자체로는 아무런 문제가 없는가

학생들에게 '너는 왜 공부하니?' 이렇게 물으면 어떤 답이 많을까요? 물론 세상을 구하겠다는 답도 있을 것이고, 자기실현이라는 답도 있을 것이지만, 짐작컨대 먹고살기 위해서라는 답이 가장 많지 않을까 합니다. 우리 아이들이 저차원적이라는 얘기가 아닙니다. 오히려 정직한 얘기입니다. 공부를 하는 직접적이고 현실적인 이유에서 생존을 빼놓을 수 없기 때문입니다.

신영복이 주목하는 노동 이야기는 《장자》의 〈천지天地〉 편에 있습니다. 그는 〈천지〉 편에서 '자공과 농부'의 대화를 통해 노동의 진정한 의미를 제시합니다. 이 부분에서 장자의 논리와 신영복의 논리는 다르지 않습니다. 물론 신영복은 기계 사용을 경계하여 노동의 본래적 의미를 지키라는 장자로부터 한 걸음 더 나아가서 노동 자체를 인간화하고 예술화해야 함을 강조합니다.

자공(子貢)이 초나라를 유람하다가 진나라로 돌아갈 때 한수의 남쪽을 지나가게 되었다. 그때 한 노인을 만나니, 그 노인은 바야흐로 밭이랑을 일구려고 굴을 파서 우물로 들어가 물동이를 안고 물을 퍼다 붓는다. 그런데 애써 힘들임이 심히 많으나 성과는 매우 적었다. 그래서 자공이 물었다.
"여기 기계가 있는데 하루에 백 이랑에 물을 댈 수 있습니다. 그러면 힘들임이 매우 적어도 효과는 큽니다. 당신은 그것을 바라지 않습니까?"
밭이랑을 일구던 노인이 자공을 쳐다보고 물었다.
"어떻게 하는 것인가?"
"그것은 나무를 파서 기계를 만든 것인데 뒤쪽은 무겁고 앞쪽은 가벼워 물을 끌어당기는 것이 물이 흐르듯 하고 빠르기가 넘치는 홍수 같습니다. 그 이름을 도르래라 합니다."
그 밭이랑을 일구던 노인이 버럭 성을 내다가 곧 웃으며 말했다.
"내가 우리 선생님께 들으니 기계란 것이 있으면 반드시 꾀를 부리는 일이 있게 되고, 꾀를 부리는 일이 있으면 반드시 꾀를 내는 마음이 생기며, 꾀를 내는 마음이 가슴속에 있으면 순백한 마음이 갖추어지지 않고, 마음이 갖추어지지 않으면 신묘한 천성이 안정되지 않으며, 신묘한 천성이 안정되지 않으면 도가 깃들지 않는다 하시었네. 내 그것을 알지 못하는 것이 아니라 부끄러워 그것을 사용하지 않는 것이네."

자공이 뻘겋게 부끄러워져 고개를 숙이고 대답을 못했다.

장자, 《장자》의 〈천지〉 중에서

예화 속 노인의 노동 방식은 답답한 면이 있습니다. 힘은 힘대로 들였으나 성과는 적은데도 그것을 고수하기 때문입니다. 얼핏 보면 노인은 문명 자체를 거부하는 듯한 인상입니다. 그래서 자공의 물음은 오늘을 사는 우리들의 물음입니다. '기계를 사용하면 힘도 덜 들고 수확은 많을 텐데 왜 그리 애써 고생하는가?' 이에 대해 노인은 기계의 마음을 경계합니다. 기계에는 도가 없다는 것인데요. 노인은 기계를 사용할 줄 모르는 게 아니라 도가 없는 기계를 거부하고 있는 것입니다. 도는 순백한 마음인데 기계를 사용하면 기계의 마음이 생겨서 순백함을 잃는다는 논리입니다.

이러한 장자의 기계론을 신영복은 '노동과 생명' 이야기로 해석합니다. 장자에게 노동은 곧 생명 그 자체라는 것입니다. 기계를 이용한 노동은 보다 효율적이고 효과적이며 많은 소출을 가져다줄 수 있습니다. 그런데 여기에는 치명적 함정이 있습니다. 노동하는 근본 목적을 상실시킨다는 점입니다. 기계가 가져다주는 이익의 꿀맛을 알게 되면 삶을 위한 노동이 아니라 더 큰 이익을 위한 노동을 하게 된다는 점입니다. 이는 장자가 경계하는 '기심機心(기계의 마음 = 이익을 추종하는 욕망)'이 생기게 하여 결과적으로 인간을 소외시키게 됩니다. 기계를 통한 노동은 생명을 살리는 노동이 아니라 이윤을 극대화하기 위한 노동입니다. 인간의 생명보다는 이윤이라는 결과의 가치에 주목하게 되고, 이 과정에서 인간 소외는 불가피해집니다. 인간보다 이익이 중요해지기 때문입니다. 따라서 신영복은 사람의 정체성이 노동을 통해 만들어짐을 강조하고, 아울러 노동하지 않는 생명은 없다는 점을 들어 노동이 '생명의 존재 형식'임을 강조합니다. 장자가 기심을 경계한 것처럼 신영복 또한 기심을 경계하고 있습니다.

　노인이 편리한 효율을 버리고 불편한 비효율을 택한 이 부분에서 우리는 오래된 의제 하나를 꺼낼 수 있습니다. '과학은 가치중립적인가?' 여전히 치열한 논쟁 중인 이 전통적인 질문은 '기계 자체로는 아무 문제가 없는가?'라는 장자와 신영복의 질문으로 연결됩니다. 물론 기계는 인간의 수고를 덜어주고 시간을 단축시키는 효율성이 있습니다. 그러나 쉽게 이루려는 마음을 생기게 하여 마음속 순수를 상실시키기도 합니다. '더 빨리, 더 많이' 이런 생각을 의도하여 기계를 만들었으므로 기계의 마음은 인간의 욕망입니다. 기계는 객관적인 그 무엇이 아니라 기계를 만든 마음이 결합되어 있는 대상입니다. 따라서 기계 자체로 아무 문제가 없는 것이 아니라 기계도 문제입니다. 기계를 만든 의도와 목적이 불순하면 기계는 편리나 효율이 아니라 폭력의 도구가 되거나 폭력 자체가 될 수 있습니다.

여러분은 사람과 기계 중에서 어느 것이 더 '주관적'이라고 생각합니까? 아마 여러분은 주관적인 것은 사람이고 기계는 철저하게 객관적이라고 생각하고 있을 것입니다. 그러나 나는 정반대라고 생각합니다. 내가 기계를 못마땅하게 여기는 이유는 그것이 철저하게 주관적이라는 사실 때문입니다. 한 포기 풀이 자라는 것을 보더라도 그 풀은 햇빛과 물과 토양과 잘 어울리며 살아갑니다. 추운 겨울에는 깜깜한 땅속에서 뿌리로만 견디며 봄을 기다릴 줄 압니다. 그러나 기계는 죽었다 깨어나도 이런 일을 못합니다. 남이야 어떻든 철저하게 자기 식대로 합니다. 다른 사람을 생각하거나 주변 조건에 대한 최소한의 배려도 없습니다.

신영복, 《강의》의 〈장자의 소요〉 중에서

신영복의 기계에 대한 생각이 오롯이 담겨진 부분입니다. 사람보다 기계가 훨씬 주관적이라는 선생의 주장에서 의아함을 느낀 사람이 적지 않을 테지만 '주관'이라는 단어의 의미를 '이기적'이라고 치환하면 좀 더 쉬울 것입니다. 아무리 이기적인 사람도 주변을 살필 줄 아는데 반하여 기계는 주변을 살피지 않습니다. '여럿이 함께' 하지 않습니다. 주어진 명령을 수행할 뿐입니다. 그러므로 지극히 주관적이고 이기적입니다. 장자의 '기심'이나 신영복의 '주관'에 대한 경계와 경고는 오늘날에도 여전히 지속되고 있습니다.

300년 전 우리는 큰 잘못을 저질렀다. 기술과 인문학을 떼어 놓아서는 안 되는 것이었다.

마이클 더투조스, 《21세기 오디세이》 (이재규 옮김, 한국경제신문사) 중에서

기술만으로 애플의 DNA를 만족시킬 수 없다. 기술은 인문학과 결합돼야 하고, 사람의 마음에서 우러나오는 휴머니티(인간성)를 반영해야 한다.

스티브 잡스*Steve Jobs*, 2011년 3월 '아이패드2' 발표 현장에서

기술은 인간의 통제를 받지 않는다.

존 그레이, 《하찮은 인간, 호모 라피엔스》 (김승진 옮김, 이후) 중에서

기술의 진보는 마치 병적인 범죄자의 손에 든 도끼와 같다.

알버트 아인슈타인

이와 같은 여러 우려에도 불구하고 우리는 기계 없이 생존 불가능합니다. 기계 자체를 거부하고 원시적 삶으로 회귀할 수 없습니다. 기계가 선물한 편의와 편익과 편리에 젖어서라기보다는 이미 우리가 이 세계에 들어왔을 때 기계는 충분히 세팅되어 있었고 그러한 환경에서 우리는 기계와 친숙하고 더불어 살아왔기 때문입니다. 다만 발전된 과학기술을 통해 인간이 어디를 가고자 하고 무엇을 더 알고자 하는지 그리고 왜 더 멀리 가고자 하는지 스스로 물어보면서 애초의

자유 - 갇혀 있는 우물에서 벗어나기

마음을 최소한 잃지 않도록 해야 합니다. 기계라는 우물에서 벗어날 수 있어야 합니다. 그러므로 기계를 향한 장자와 신영복의 마음을 헤아려보는 지혜와 성찰은 반드시 필요합니다.

나는 노동한다. 고로 나는 존재한다

'우리는 왜 일을 할까요? 아니 왜 일을 해야 할까요?'

생존에서부터 자아실현까지 여러 가지 답이 가능할 것입니다. 그런데 이 질문을 약간 비틀어 보겠습니다. '일을 하지 않으면 어떻게 될까요?' 신영복의 대답은 여기에 주목하고 있습니다. 그가 생각하는 일이란 생명 그 자체이자 생명의 존재 형식입니다. 일 없이는 존재 자체가 불가능하다고 보는 것입니다. 즉, 노동은 살아 있음의 증거입니다. 따라서 노동하지 않는다는 것은 존재하지 않는다와 그 문맥이 같습니다.

노동하지 않는 생명은 없음을 강조하는 신영복에게 노동은 곧 삶이며 존재 자체입니다. 그의 말대로 코스모스도 참새도 모두 노동하고 있습니다. 동식물만 그러한 게 아닙니다. 사람 또한 일생이 노동입니다. 농부의 농사짓는 일이 농부의 마음을 만들고, 어부의 고기 잡은 일이 어부의 마음을 만듭니다. 따라서 노동은 삶입니다. 노동을 못한다는 것은 삶이 지속될 수 없는 위기를 의미하고, 노동을 하지 않는다는 것은 자기 정체성을 버리는 것을 의미합니다.

노동에 대한 신영복의 관점에는 독일의 철학자 니체Friedrich Wilhelm Nietzsche의 향기가 납니다. 신영복은 노동 자체를 인간화하고 예술화해야 한다고 주장합니다. 노동을 예술화한다는 그의 생각은, 니체가 《차라투스트라는 이렇게 말했다Also sprach Zarathustra》에서 주장한 '어린아이'와 닮아 있습니다. 니체는 사람을 세 부류로 나눕니다. '낙타형 인간, 사자형 인간, 어린아이형 인간'이 그것입니다. 낙타형 인간은 현실에 충직하게 순응하는 인간으로 자아가 없는 존재입니다. 이를테면 그 사회의 매뉴얼대로 살아가는 존재입니다. 사자형 인간은 시대와 사회 안에서 자유롭고 독립적이며 주체적 인간이지만 예술적 인식이 없는 존재입니다. 반면 어린아이형 인간은 삶을 놀이와 예술로 인식하는 존재로 시대와 현실로부터 자유로운 인간형입니다. 이 어린아이형 인간이 신영복이 주장하는 노동을 예술화하는 인간형과 닮았습니다.

예술의 정의는 다양할 것입니다. 그런데 어떤 경우라도 '창조'라는 말을 배제하고 예술을 정의할 수는 없습니다. 창조는 예술의 고유하고 본질적인 속성이기 때문입니다. 신영복의 노동을 예술화해야 한다는 주장은 다음과 같이 바꾸어 쓸 수 있습니다. '노동은 창조적 행위다. 그래서 노동은 예술이다.'

우리나라의 노동은 문제가 많습니다. 신영복과 장자가 말하는 존재적 측면에서의 노동과 달리 현실의 노동은 생존에 편향되어 있는데다 시간 또한 과잉 상태입니다. 우리나라의 노동시간은 전 세계적으로 악명 높을 정도로 많은데, 그렇다고 해서 삶의 질이 개선되었다는 것을 의미하지는 않습니다. 오히려 삶의 균형이 깨져서 삶의 질이 떨어지는 역효과가 발생합니다.

어른들만 과잉 노동에 시달리는 것이 아닙니다. 2015년 경제협력개발기구OECD 발표 자료에 따르면, 우리나라 15~24세 청소년들의 하루 학습 시간이 7시간 50분으로 OECD 회원국 중 최고 수준으로 나타났습니다. 평균 학습 시간이 5시간 정도인 미국, 일본, 독일, 스웨덴 등의 청소년보다도 2~3시간이 더 많습니다. 뿐만 아니라 영국의 3시간 49분에 비하면 4시간 이상 많습니다. 문제는 학습 시간이 길다고 해서 만족도가 높은 것도 아닌데다 오히려 삶의 만족도는 최하위 수준이었습니다. 응답 청소년의 절반 이상은 정기적 여가 활동도 없었습니다.

이러한 현실은 반드시 개선되어야 합니다. 균형 잡힌 삶으로의 전환이 필요합니다. 물론 신영복과 장자가 말하는 노동으로 전환될 수 있을지는 의문입니다. 그러함에도 현재를 방치하는 것은 옳은 일이 아닙니다. 어른들은 과잉 노동에 빠져 있고, 청소년은 과잉 공부에 빠져 있습니다. 우리 사회가 지향하는 가치가 무엇인지 깊은 성찰이 필요한 시점입니다.

3

차이

자기 변화로 이어지는
새로운 시작

差異

차이와 다양성은 그것을 존중하는 것으로
끝나서는 안 됩니다.
그것은 새로운 시작이어야 합니다.

신영복, 《담론》의 〈사일이와 사공이〉 중에서

차이의 발견

우리는 흔히 일에는 순서가 있다고 말합니다. 순서가 다르면 틀렸다고 말하는 경향이 있습니다. 신영복에게도 이러한 경험이 있습니다. 그는 집을 그릴 때면 지붕부터 그렸다고 고백합니다. 지붕을 그린 다음 기둥을 그리는 것이 집을 그리는 올바른 순서라고 생각했던 것입니다. 교도소에서 집을 그리는 순서가 다른 노인을 만나게 됩니다. 그의 직업은 목수입니다. 그는 집을 그릴 때 먼저 주춧돌을, 지붕은 맨 나중에 그렸습니다. 이를 지켜본 신영복은 충격에 빠집니다. '상식이 무너지는 순간이었습니다.' 그에게 '집 그리는 순서와 집 짓는 순서가 같다'는 것은 매우 낯선 경험이었습니다.

함지박에 물과 모래와 탁구공을 모두 집어넣으려면 다음과 같은 순서를 지켜야 가능합니다. 탁구공 → 모래 → 물. 만약 이 순서가 뒤섞이면 탁구공, 모래, 물을 함지박 안에 모두 넣을 수 없습니다. 그러므로 이런 경우라면 순서는 중요합니다. 그러나 신영복이 말하고자 하는 집을 그리는 순서는 이와 같은 경우가 아닙니다. 신영복은 방식의 차이에 주목하고 있습니다. 목수 노인이 주춧돌을 먼저 그리고 나중에 지붕을 그리는 것은 신영복에게 차이를 통한 새로움을 발견하게 한 사건입니다. '다를 수 있다'는 것을 발견했던 것입니다. 그런 까닭에 그는 자신이 알고 있던 방식이 항상 옳은 것은 아니라는 자각에 이를 수 있었습니다.

차이, 새로운 시작

'대타자大他者'라는 말을 들어보셨는지요? 보통 '타자'는 나와 다른 존재를 이릅니다. 프랑스의 정신분석학자 자크 라캉Jacques Lacan이 타자를 '소타자'와 '대타자'로 구분하면서 타자에 대한 새로운 개념이 탄생하게 되었습니다. '소타자'는 나와 다른 존재이지만 또한 나와 너무 흡사한 존재를 이릅니다. 즉, 외형적으로 또는 유전적으로 다른 존재이지만 의식과 사고가 다를 것이 없는 존재가 '소타자'입니다. 반면 '대타자'는 나와 도저히 동일시될 수 없는 존재입니다.

우리는 주변 사람들과 매우 익숙하고 낯익은 환경에서 생활합니다. 어제와 다를 것 없는 일상과 사람들 사이에서 하루의 해가 뜨고 집니다. 그러다 보니 서로 다름은 사라지고 같음은 많아지게 되었습니다. 이렇게 굳이 나와 다름을 발견할 수 없는 사람들 틈에서 우리는 거의 비슷한 사람이 되어갑니다. 우리가 새로움을 갈망하는 이유입니다. 그럼에도 우리는 새로움에 대한 불안과 불편함 때문에 현실에 고정되어 살아 있습니다. 낯선 사람, 낯선 환경을 동경하면서도 선뜻 실행하지 못하고 맙니다.

독일의 철학자 발터 벤야민Walter Benjamin은 잃어버린 자기를 찾기 위한 '도시에서 길 잃기'를 제안합니다. 익숙한 것들과 결별하는 방법을 제시한 것입니다. 낯선 도시 공간에 자신을 밀어 넣으면 어떤 일이 벌어질까요? 단 한 사람도 아는 사람이 없고 단 한 곳도 낯익은 것이 없는 도시에 나 홀로 서 있다면 우리는 어떻게 반응할까요? 시각은 물론 청각도 후각도 걷잡을 수 없이 예민해질 것입니다. 혹시라도 누군가 나를 공격할지 모른다는 자기 보호 본능도 작동할 테고, 이와 다르게 모든 것을 신기하게 느끼면서 새로운 발견에 이르는 창조적 긴장 상태를 경험할 수도 있을 것입니다.

> 차이는 자기 변화로 이어지는 또 하나의 출발이어야 합니다. 차이는 공존의 대상이 아니라 감사의 대상이어야 하고 학습의 교본이어야 하고 변화의 시작이어야 합니다.
>
> *신영복,《담론》의 〈사일이와 사공이〉 중에서*

차이와 다양성에 대한 신영복의 생각은 '새로운 시작'과 '변화'로 귀결됩니다. 사실 차이와 다양성은 분리 불가능한 말입니다. 다양하다는 것 자체가 차이를 내포한 말이기 때문입니다. 새로운 시작과 변화도 분리될 수 없는 말입니다. 변화 없는 새로운 시작은 없고 새로운 시작 없는 변화도 없습니다. 새로운 시작이라는 말과 변화라는 말은 동음이의어적 성격이 강합니다. 신영복이 마치 포도송이처럼 묶어놓은 이 말들은 상호적입니다. 차이를 발견한다는 것은 이미 그 자체로 새로운 것에 대한 인식의 시작을 의미하며, 차이의 전제는 획일성이 아니라 다양성입니다. 새로운 생각은 기존의 인식으로부터 걸어 나왔음을 의미하므로 이는 곧 변화를 의미합니다. 그런 까닭에 신영복은 차이를 공존의 대상으로 제한하지 않습니다. 차이를 인정하고 그 안에서 공존하자는 논리에 취하지 않습니다. 오히려 공존을 넘어 존중으로 나아가자고 말합니다.

신영복은 차이를 아는 것과 공존하는 태도를 넘어 차이를 존중하는 태도를 요구합니다. 존중에서 새로움이 시작된다고 보기 때문입니다. 그러므로 신영복은 프랑스의 똘레랑스적 공존에 대해 긍정하지 않습니다. 똘레랑스는 중심 논리가 반영되어 있다는 것이 그의 생각입니다. 나와 다른 너를 수용하기는 하되 나처럼 존중해주지는 않는 것이 똘레랑스의 한계라고 보기 때문입니다. 그에게 똘레랑스는 권장이 아니라 극복의 대상입니다. 차이의 존중이 근대사회의 최고 수준을 보여준다고 한 까닭도 이 때문입니다. 다른 사람의 의견을 승인하고 존중하는 마음, 즉 다양성을 인식하고 수용하는 능력이 인간에게 가장 중요하다는 것입니다. 그러므로 차이를 존중하는 것은 '새로운 시작'입니다. 서로가 차이적 존재라는 것을 아는 데서 진정한 공존이 가능할 것이기 때문입니다.

차이를 인정하는 일도, 차이를 존중하는 일도 결코 쉬운 일은 아닙니다. 나와 타인은 근원적으로 다른 존재입니다. 유전적 요인도 다르며 자라온 환경과 배경도 다릅니다. 이 다름을 어떻게 대하느냐에 따라 갈등과 분쟁이 발생할 수도 있고 화해와 평화가 유지될 수도 있습니다. 차이를 차별로 이해하고 동질화를 요구한다면 갈등과 분쟁은 필연적일 것입니다. 반면 상호 존중을 통한 공존이라면 인간의 품격을 지켜갈 수 있을 것입니다. 물론 우리는 인간이라는 종적 유사성, 동일한 문화권이라는 문화적 유사성, 공동체의 가치와 규범 그리고 역사성 등의 유사성이 없는 것은 아닙니다. 그러함에도 우리는 모두 서로 다른 존재이며 서로 다른 세계입니다. 나와 엇비슷하거나 닮

은꼴의 타인은 있을지 몰라도 동일한 나는 없습니다. 따라서 신영복이 주장하는 상호 존중은 중요한 가치입니다. 나와 다른 존재를 어떻게 대하고 나와 다른 존재와 어떻게 살아가는가 하는 것이 곧 인간에게 주어진 과제이자 스스로의 품격을 결정 짓는 가장 중요한 덕목이기 때문입니다.

차별의 탄생

우리는 종종 차이를 차별과 헷갈려 합니다. 차이는 상호주의적인 특성이 있는 반면 차별에는 우열주의가 내재되어 있습니다. 차이가 있음으로 해서 나의 고유성이 입증된다면, 차별은 나의 우월성을 드러내는 전략입니다. 이런 차별적 우월성을 가장 잘 간파한 사람은 프랑스 사회학자 피에르 부르디외Pierre Bourdieu입니다. 그는 차별의 논리를 '구별 짓기 욕망'으로 정리했습니다. 여기서의 구별은 차별의 다른 이름입니다. 단순히 구별만 한다면 거기에는 우열의 논리가 끼어들지 않습니다. 그러나 '구별 짓기 욕망'은 우열의 논리를 함축하고 있습니다.

부르디외에 따르면 사람의 취향은 신분적 위계를 반영합니다. 취미 혹은 소비 행위 어떤 것이든 거기에는 내가 소속된 집단(계급)의 가치가 반영된다는 논리입니다. 신분이라는 말도 위계라는 말도 평등하지 않음을 전제하고 있습니다. 따라서 나의 선택은 내 계급에 맞는 선택이며 이는 곧 다른 계급과 나를 차별화시키는 전략이기도 합니다. '근본적으로 나와 너는 달라, 감히 어디를 넘보니, 주제를 알아야지.' 이쯤 되면 차별은 우월감의 다른 표현이라는 게 맞습니다.

차별은 너와 나 사이를 단절시킵니다. 위계화시키고 서열화시킵니다. 문제는 이러한 차별이 일상적이라는 점입니다. 학교에서 직장에서 심지어 주거 공간에서 차별은 공공연하게 자행되고 있습니다. 학벌이라는 이름의 차별, 소수자에 대한 차별, 외국인에 대한 차별, 대기업의 중소기업 차별, 남자의 여자 차별…….

세계의 장벽들

인류는 각종 차별을 걷어내고 자유를 확장시켜 왔습니다. 정치적으로 계급을 철폐하여 모든 인간이 평등하고 존엄한 존재임을 선언하였고, 누구나 노력한 만큼 자산을 소유할 수 있는 경제적 자유 또한 획득하였습니다. 과학은 인간의 신체적 한계를 극복하여 인간의 가능성을 확장시켰습니다. 근대 이후 차별이 아니라 차이의 역사가 시작된 것입니다. 신영복이 차이의 발견을 근대사회 최고 수준을 보여주는 것이라고 한 이유입니다.

고대 노예제사회나 중세 봉건사회와는 질적으로 전혀 다른 사회에 우리는 살고 있습니다. 그 어느 시대보다 오늘날 우리가 누리는 자유는 최대화되어 있습니다. 여기에는 그 어떤 이의가 있을 수 없습니다. 그런데 세계는 지금 도처에서 신음을 하고 있습니다. 교묘한 신분제 사회라거나 경제적 계급사회라는 지적을 피할 수 없는 이유입니다. 경제적 빈부 차이로 인한 소외와 갈등은 물론 정치적 난민 문제로 인한 갈등, 국가주의적 배타성에 따른 장벽 설치 등으로 우리 세계는 충분히 아픕니다. 신영복이 '차이에 주목하라, 차이를 발견하라' 말하는 궁극적 이유가 여기 있을 것입니다. 차이는 곧 상대방을 인정하는 행위입니다. 그런데 자유의 최대화를 말하면서도 세계의 도처에서는 분쟁과 전쟁과 분리가 쉼 없이 이루어지고 있습니다.

20세기 이후 세계 곳곳에는 거대한 장벽들이 늘어나고 있습니다. 대표적인 것이 미국과 멕시코 국경 장벽입니다. 무려 그 길이가 3169킬로미터나 되고 높이 또한 4~5미터에 이릅니다. 이는 만리장성 다음으로 긴 장벽입니다. 비극적인 장벽에는 팔레스타인과 이스라엘의 '분노의 장벽'이 유명합니다. 길이 704킬로미터, 높이 7미터의 이 장벽은 이스라엘의 팔레스타인 고립 전략으로 만들어진 것입니다. 팔레스타인 사람들을 감옥처럼 가두어버린 장벽이기도 합니다. 이밖에도 우크라이나와 러시아 사이의 2000킬로미터, 헝가리와 세르비아 사이의 175킬로미터, 인도와 파키스탄 사이의 1500킬로미터 등 세계는 지금 분리 장벽 건설 붐에 빠져 있습니다.

이러한 장벽은 자국의 안전을 위한 불가피한 선택일 수 있습니다. 불법 이민을 막고 자국의 안보와 경제를 지키기 위한 고육책의 성격이 있기 때문입니다. 그러나 이것이 최선의 방법이었는지 성찰하는 질문은 필요합니다. 우리에게 휴전선이 최선의 선택일 수 없듯이 지구상에 수많은 장벽들도 최선이 아닐 수도 있기 때문입니다.

우리 안의 장벽들

국가 간 국경 장벽 못지않은 공동체 내부의 장벽도 있습니다. 국토교통부 2015년 발표 자료에 따르면, 우리나라 국토 면적은 세계 107위로 작은 편에 속합니다. 그중 도시 면적은 약 17퍼센트밖에 안 될 정도로 매우 작습니다. 그런데 총인구 5153만 명 중 4729만 명이 도시에 거주하고 있습니다. 우리나라 국민 열에 아홉은 도시인인 셈입니다. 그런데 도시는 자본에 따라 나뉘어져 있습니다. 영국의 사회학자 데이비드 하비David Harvey는 이를 두고 '공간 구획화'라고 명명하였습니다. 이 공간 구획화로 인하여 헌법이 보장하는 거주 이전의 자유마저 유명무실해지는 느낌입니다. 비강남권 시민이 강남으로 이주하는 것은 사실상 불가능에 가깝습니다. 강남권 시민이 비강남으로 흔쾌히 이주할 리도 없을 것입니다. 강남의 우월성을 버리고 비강남으로 갈 리 없다는 얘기입니다.

어느 시대든 그 시대의 헤게모니를 장악한 사람들은 자기 권력을 유지하거나 확장하는 데 골몰합니다. 그것은 자본 권력이든 정치 권력이든 다르지 않습니다. 일종의 통치술이란 이름으로 사람들을 나누고 대립시키고 상호 감시하는 체계를 만들어냅니다.

데이비드 하비는 이 지점을 주목합니다. 자본의 논리가 도시를 어떻게 지배하는지 그리고 그것이 어떻게 하나의 기제로 작동하는지 비판적으로 분석하고자 합니다. 그 과정에서 그가 개념화한 말이 '구획화'입니다. 이른바 자본의 논리에 따른 공간의 계급화인데, 생소한 개념이지만 전혀 낯선 것은 아닙니다. 왜냐하면 이러한 개념 도입 이전에 우리의 일상이 이미 구획화되어 있었기 때문입니다. 가령 우리는 부의 상징 공간하면 강남을 떠올리는 데 주저하지 않습니다. 어디 강남만 그러하겠습니까. 부산도 광주도 대구도 속칭 신시가지와 구시가지로 구획되어 있습니다. 가깝게는 분양 아파트와 임대 아파트 또한 구획화되어 있고, 아파트는 평수에 따라 그리고 브랜드에 따라 구획화되어 있습니다. 이러한 공간들은 철저히 배타적 차별성의 원리를 따릅니다. 공간과 공간을 비교하고 비교하게 하고 그리하여 우열로 재편하는 것, 이런 상스런 전략이 공간 구획화입니다. 따라서 공간 구획화는 내부 분열을 통한 통치술일지 모릅니다. 국가권력이나 자본 권력이 시민에게 직접 개입하여 이래라저래라 하지 않아도 시민들끼리 서로 다투면서 위계를 유지하기 때문입니다. 그럼에도 사람들은 그 전략의 희생물이 되는 것을 마다하지 않습니다. 단지 우월성을 확인하고 확인받고 싶은 싸구려 욕망 때문입니다. 사람들이 기본적으로 남보다 낫다는 유혹을 쉽게 뿌리치지 못한다는 것을 자본이 역이용하는 것입니다.

매일 매 순간 우리는 다르다

차별이 누군가의 의도에 의해 만들어지는 것이라면, 차이는 고유한 것이라고 할 수 있습니다. 차이는 만드는 것이 아니라 발견하는 것입니다. 발견을 위해서는 상대방에 대한 애정과 관심이 필요합니다. 또한 시간이 필요합니다.

영화 〈스모크Smoke〉(1995)는 미국의 소설가 폴 오스터Paul Auster

의 〈오기 렌의 크리스마스 이야기Auggie Wren's Christmas Story〉를 영화한 것입니다. 주인공 오기 렌은 담배 가게 주인이자 사진가입니다. 12년 동안 매일 아침마다 담배 가게 앞의 풍경을 한 컷씩 찍습니다. 사진의 배경이 한 장소만 보이는 이유입니다. 언뜻 보면 모두 같아 보이는 이런 사진이 무려 4천여 장이나 됩니다. 마을에는 오기 렌의 담배 가게 단골이자 소설가인 폴이 삽니다. 그는 최근 크리스마스에 관한 새로운 작품을 청탁받았지만 작품 구상도 하지 못한 상태입니다. 폴에게 오기 렌은 자신이 찍은 사진들을 보여주지만 폴은 필름만 낭비했다는 핀잔을 줍니다. 오기 렌은 다음과 같이 말합니다.

> 천천히 보라. 천천히 보지 않으면 일상은 이해할 수 없는 단조로운 반복처럼 보이지. 똑같아 보이지만 한 장 한 장 다 다르지. 햇볕은 매일 다른 각도로 지구를 비추고 있어. 매일 매 순간 우리는 다르다.
>
> 영화 〈스모크〉, 오기 렌의 대사 중에서

차이에 대한 명대사입니다. 이보다 차이를 잘 드러낸 대사도 없을 것입니다. 사진은 한 컷 한 컷의 미세한 차이가 있습니다. 동일한 배경이라 할지라도 그날의 일기와, 바람의 방향과, 지나가는 사람과, 그 사람의 신체와 옷과 표정 어느 것 하나 동일한 것은 없습니다. 그러므로 우리는 신영복이 강조했던 '차이 = 새로운 시작'에 공감하게 되며 '차이 = 발견'에 동의하게 됩니다.

아는 것과 실천하는 것의 통일

신영복은 사람과 삶을 일치시킵니다. 삶이 사람이고, 사람이 삶입니다. 사는 것은 실천적인 것입니다. 그러므로 사람이란 실천자가 됩니다. 신영복이 직접 쓰고 그린 글과 그림을 모아 엮은 잠언집 《처음처럼》의 〈사람과 삶〉에 나오는 서화 '삶'은 그의 '삶과 사람'에 대한 입장을 중의적으로 보여주고 있습니다. '삶'이라는 글씨를 '사람으로 읽어도 좋습니다. 삶으로 읽어도 좋습니다. 사람의 준말이 삶이기 때문'이라고 말합니다. 한 걸음 더 나아가 생각해보면 삶은 '살다'와 '알다'의 결합체입니다. 말하자면 삶이란 사람이고 사람은 살아가면서 아는 존재입니다. 아는 것은 아니 알고자 하는 것은 사람의 본성입니다. 따라서 앎은 사람이기 위해 중요합니다.

현실은 이와 다른 풍경입니다. 생각을 열고 가슴으로 여행을 해야 하는데 '아는 것 따로, 행동 따로'일 때가 많습니다. 우리들의 풍경은 각자에 머물러 있는 데 익숙합니다. '너 자신을 알라'고 했던 소크라테스는 아는 것과 행하는 것을 동일하게 여겼습니다. 소크라테스에게 안다는 것은 곧 행한다와 같은 말입니다. 신영복은 여기서 한 걸음 더 나아갑니다.

나무가 숲이 되는 방법, 사람이 개인이 아닌 숲의 사람이 되는 방법은 무엇일까요? 나무는 큰 나무, 작은 나무, 가지가 부러진 나무, 결함이 많은 나무가 있으나, 숲은 모든 결함까지도 품어 숲을 만들어냅니다. 숲은 나무의 완성입니다. 어느 개인을 똑똑하게 좋은 나무로 만들어내는 것이 아니라, 그런 나무들이 숲속에서 아름답게 서로 만날 수 있는 시스템을 만들어내는 것, 그것이 바로 숲을 만드는 것입니다.

신영복, '고별 강연' 중에서

소크라테스가 아는 것과 실천하는 것을 일치시켰다면 신영복은 실천의 지향까지 제시합니다. 그에게 실천은 숲으로 가는 것입니다. '숲은 나무의 완성'이라는 명언의 탄생 지점에 우리가 나아가야 할 길이 있습니다. 아는 데서 머물지 않는 것 그리고 개인으로 고립되지 않는 것입니다. 아는 것과 행하는 것이 분리된 삶은 우리를 관찰자 혹은 방관자로 만듭니다.

신영복에게 나무는 개인이고 숲은 공동체입니다. 말하자면 나무는 아는 것에 머물러 있는 개인이고 숲은 아는 것을 실천한 공동체입니다. 실천 없는 삶은 개인을 나무로 머물러 있게 만듭니다. 숲을 이루지 못하는 나무는 외부 환경 변화에 취약하여 비와 바람과 태풍을 견디기 어렵습니다. 선생의 말을 빌자면 '어느 개인을 똑똑하게 좋은 나무로 만들어내는 것이 아니라, 그런 나무들이 숲속에서 아름답게 서로 만날 수 있는 시스템을 만들어내는 것'이 우리의 의무입니다.

노인 목수의 이야기를 다시 해야겠습니다. 앞서 차이의 발견에 관련하여 그의 이야기를 했습니다만, 이제부터는 아는 것과 실천의 통일로서 노인 목수 이야기를 하도록 하겠습니다. 노인 목수와 신영복의 차이는 집을 그리는 순서에만 한정되지 않습니다. 신영복은 집을 짓는 순서와 무관하게 집을 그린 데 반하여 노인 목수는 집을 짓는 순서대로 집을 그렸습니다. 이는 아는 것과 실천이 같음을 의미합니다. 신영복은 '아는 것 따로, 실천하는 것 따로'였습니다. 노인은 두 발로 걸은 것이고 신영복은 한 발로 걸은 것입니다.

신영복은 '한 발 보행'을 실천 없는 독서라고 말합니다. 독서가 독서에 머물러 있을 때를 일러 '한 발 보행'이라고 했습니다. 이는 곧 실천 없는 독서이자 실생활과 무관한 독서에 대한 자기반성입니다. 교도소라는 지엽적이고 제한적인 공간과 자유의 박탈이 아쉬울 법도 한데 그는 교도소 안에서 두 발 걸음을 찾아냅니다. 그가 찾은 두 발 걸음은 다름 아닌 다른 사람의 이야기를 경청하는 것입니다. 다른 사람의 이야기를 또 하나의 발(목발)로 여기고 두 발로 보행하고자 하는 것입니다. 사람은 누구나 다른 사람의 이야기를 통해 비로소 온전한 보행이 가능하다는 주장입니다.

물론 아는 것을 실천하는 일은 쉽지 않습니다. 문제는 '아는 것'이 '무엇'인가입니다. 아마 잡다한 지식은 아닐 것입니다. 매우 고고한 이상도 아닐 것입니다. 실천했을 때 더 가치 있는 그 무엇일지 모릅니다. 이를 테면 윤리, 양심, 정직, 공감, 정의, 진실, 사랑 이런 등등의 것일지 모릅니다. 오직 실천했을 때라야 가치가 고양되는 것들 말입니다. 지식에 머물러 있는 것이 아니라 실천적 행동일 때 빛나는 이러한 가치들이 '아는 것'이라면 아는 것과 실천은 필연입니다.

그런데 아는 것을 실천하는 데는 또 다른 어려움이 뒤따릅니다.

아는 것의 우선순위를 정하는 문제입니다. 미국의 사진작가 케빈 카터Kevin carter는 '수단의 굶주리는 소녀' 또는 '독수리와 소녀'라고 불리는 사진 한 장으로 최고 권위의 퓰리처상을 수상하게 됩니다.

케빈은 1993년 수단 아요드 지역의 한 식량배급소 근처에서 우연히 길 위에 쓰러진 소녀를 목격합니다. 굶주림으로 힘이 다해 무릎을 꿇고 엎드려 있는 소녀의 뒤로 살찐 독수리가 소녀가 죽기만을 기다리고 있는 것을 발견한 케빈은 카메라를 꺼내 셔터를 눌렀습니다. 이 사진 한 장은 케빈에게 세계적인 명성을 주었을 뿐만 아니라 아프리카의 실상을 전 세계에 알리는 계기가 되었습니다. 케빈은 "지금도 1분마다 전쟁과 가난으로 아이들이 죽어가고 있다. 이 사진 한 장으로 경종을 울리고 싶었다."고 설명했습니다. 하지만 일각에서는 '어떻게 사진을 위해 죽어가는 아이를 방치할 수 있느냐', '생명 대신 명성을 선택한 사람' 등의 비난을 퍼부었습니다. 비난을 견디지 못한 케빈은 우울증에 시달리다 결국 퓰리처상을 수상한 지 석 달 만에 스스로 목숨을 끊었습니다. 케빈의 유서에는 "사진을 찍고 곧바로 독수리를 쫓아 보낸 뒤 소녀를 구조했다. 하지만 지금 생각하면 그 순간 카메라를 들고 있던 내 자신이 너무 밉다. 소녀에게 정말 미안하다."고 적혀 있었습니다. 사진작가로서의 의무가 먼저였을지, 아니면 인간애가 우선이었을지 가늠하기 쉬운 문제는 아닙니다. 사진의 사회적 가치와 인간으로서의 보편적 사랑 가운데 케빈에게 더 중요했던 것이 무엇이었을까요?

아는 것과 행동 사이의 괴리만 문제가 되는 것은 아닙니다. 아는 것끼리의 우선순위도 문제가 됩니다. 무엇이 보다 더 가치 있는 것인가 혹은 인간다운 것인가에 대한 끊임없는 성찰이 필요한 이유일 것입니다. 사실 우리는 필요 이상으로 많은 것을 알고 있습니다. 매일 쏟아지는 정보만 해도 감당할 수 없을 정도입니다. 따라서 신영복이 말하는 앎과 실천에서의 '앎'은 단순 정보의 문제라기보다는 가치의 문제라고 보는 것이 타당합니다.

2015년 9월 터키 휴양지 보드룸 해변에 싸늘한 시신 하나가 발견되었습니다. 어린 소년의 시신이었습니다. 전 세계는 큰 충격과 슬픔에 빠졌습니다. 주검으로 파도에 떠밀려온 아이는 시리아 북부 코바니에서 온 3살 소년 아일란 쿠르디였습니다. 가족과 함께 난민(강제이주민)이 되어 지중해를 떠돌던 쿠르디는 휴양지에서 차가운 시신으로 발견되었습니다. 얼굴을 모래에 묻은 채였습니다. 쿠르디는 모래 속 어딘가에 있을 안식처를 찾는 중이었을지 모릅니다. 인간의 꺼져버린 양심을 찾고 있었을지도 모릅니다.

전 세계에 타진된 이 한 장의 사진은 하나의 거대한 질문이 되었습니다. 인간이라는 종種적 각성과 함께 종적 회의를 불러왔습니다. '이것이 인간인가?' 아우슈비츠 생존 시인 프리모 레비Primo Levi가 남긴 고통스러운 질문이 되살아난 것입니다. 이후 난민에게 인색했던 각국이 난민 수용 의사를 밝혔습니다. 독일과 오스트리아가 시리아 난민을 수용하였고, 독일과 프랑스는 EU(유럽연합) 회원국에 16만 명의 시리아 난민을 의무적으로 분산 수용하기로 하였습니다.

쿠르디의 사망 이후에도 77명의 난민 어린이가 지중해를 건너다

숨겼습니다. 국제사회가 난민 문제 해결에 뛰어들었지만 여전히 난민은 증가하고 있습니다. UNHCR(유엔난민기구)의 연간 글로벌 동향 보고서에 따르면 2006년 전 세계의 난민 수는 840만여 명이었는데 2016년 말 전 세계 난민의 수는 6560만 명으로 근 8배나 증가하였습니다.

6월 20일은 국제연합이 정한 '세계 난민의 날'입니다. 2018년 프란치스코 교황은 세계 난민의 날을 기념하여 "새로 유입된 사람들이 기존 질서를 무너뜨리고 오랜 기간 쌓아온 무언가를 훔칠지 모른다는 의심에서 오는 두려움은 인간의 관점에서 타당하며 이해되는 만큼 죄는 아니다. 그러나 타인, 나와 다른 사람, 이웃을 마주하는 것 자체를 거부하는 것은 죄이다."라고 했습니다.

교황의 생각과 신영복의 생각은 다르지 않습니다. 신영복은 '차이와 다양성을 존중하고 그것은 새로운 시작이어야 한다'고 주장하였으며, 나아가 이 '새로운 시작은 자기 변화로 이어지는 또 하나의 출발이어야 한다'고 주장하였습니다. 이러한 신영복 사상으로 난민 문제를 해석한다면 난민은 불안과 불편과 불쾌로 곁눈질할 대상이 아닙니다. 경원시하고 배척할 대상이 아닙니다. 오히려 나를 변화시키는 새로운 시작이자 기회입니다. 또한 앎과 삶을 일치 통일시켜야 한다는 신영복의 생각으로 보면 난민에 대한 우리의 태도는 자명합니다. 위기에 처한 이웃의 도움 요청을 거절해서는 안 되는 것입니다. 적어도 우리가 인간이라면 혹은 인간이려면 타인의 고통에 민감해져야 합니다. 신영복에 따르면 타인은 나의 가능성이자 존재의 근거입니다. 그러므로 우리는 난민 문제에 더 민감하게 반응하여 그들을 수용하고 존중하며 동등한 지위를 부여해야 합니다.

다시 '한 발 보행'으로 돌아가겠습니다. '한 발 보행'은 인간의 불완전성을 의미합니다. 걸을 수는 있으나 오래 걸을 수는 없습니다. "우리는 한 발이 아니라 '양발 보행'으로 나아가야 합니다. 한 발은 나의 것이지만 다른 한 발은 나에게 없는 것이므로 나에게 없는 한 발의 말에 귀를 기울여야 합니다. 그 말을 목발 삼으면 양발로 걸을 수 있으며 완전해질 수 있습니다." 이러한 신영복의 생각에는 다음과 같은 내용이 함축되어 있습니다. '나에게는 한 발뿐이다. 두 발로 걸으려면 반드시 다른 사람이 있어야 한다. 다른 사람의 존재 가치를 온전히 인식해야 두 발로 걸을 수 있다. 그랬을 때 우리는 아는 것과 실천하는 것을 일치시킬 수 있다.'

어느 여름날 더위에 지치고 배가 고픈 여우는 포도밭에 몰래 숨어들어 갑니다. 먹음직하게 익은 포도송이가 눈에 들어오자 여우는 어떻게든 거기 닿아보려고 발돋움도 해보고 훌쩍 뛰어도 봅니다. 하지만 아무리 애를 써도 헛일이었습니다. 닿을 듯 닿을 듯했으나 결국 닿지 않았습니다. 씁쓸한 마음으로 돌아서면서 여우는 이렇게 말했습니다. "아무나 딸 테면 따라지, 저 포도는 시단 말이야."

이솝,《이솝 우화》의 〈여우와 신 포도〉 중에서

《이솝 우화》속의 여우처럼 말해서는 곤란합니다. 아는 것과 실천이 괴리된다고 해서 여우처럼 자기 합리화 속으로 숨는 것은 잔꾀에 지나지 않습니다. 우리는 누구나 여우와 같은 상황일 수 있습니다. 아주 많이 모자라는 것이 아니라 여우처럼 간발의 차만큼 부족할 수 있습니다. 딱 그만큼 우리는 불완전합니다. 그 불완전은 자기 합리화로 채우는 것이 아니어야 합니다. 신영복의 말처럼 그 불완전한 부분은 인간관계로 완성해야 합니다. 나에게 네가 있어야 하고, 너에게 내가 있어야 우리는 존재 가능합니다. '한 발 보행'이 아니라 '양 발 보행'은 그렇게 가능한 것입니다.

> 독서-독서-독서는 생각이 땅을 잃고 공중으로 부양하는 느낌이었습니다. 생각이 현실에서 유리되는 경우를 공상이라고 합니다. 다른 사람들의 살아온 이야기는 단지 이론의 짝으로서의 실천이라는 의미뿐만이 아니었습니다. 학교 사택에서 태어나서 줄곧 학교에서, 책에서, 교실에서 생각을 키워왔던 나에게는 엄청난 파괴력으로 다가왔습니다. 험한 세상을 힘겹게 살아온 그 참혹한 실패의 경험들은 육중한 무게로 나의 사유를 견인했습니다. 발밑의 땅을 잃고 공중으로 부양하던 생각들이 이제는 발목이 빠질 정도의 진흙 위에 서게 됩니다.
>
> *신영복, 《감옥으로부터의 사색》의 〈한 발 걸음〉 중에서*

신영복은 〈한 발 걸음〉을 통해 실천 없는 독서의 한계를 분명히

밝히고 있습니다. 이론과 실천의 통일을 중요하게 여기는 그에게 실천 없는 독서는 한 발 걸음에 지나지 않습니다. 독서만으로는 균형 잡힌 삶을 살아갈 수 없으며 자기 생각을 키워가는 것이 불가능하기 때문입니다. 독서는 이른바 '실천이 제거된 상태'입니다. 이 한계를 극복하기 위해 신영복은 '다른 사람들의 살아온 이야기'를 부지런히 듣습니다. 그의 고백 속에서 다시 한 번 실천에 대한 그의 열망과 의지를 읽습니다. 그는 20년 동안 책 읽는 시간만큼이나 다른 사람들의 이야기를 들었다고 합니다. 이는 곧 실천에 대한 갈증입니다. 아는 데서 머물지 않겠다는 의지이기도 합니다. 아니 우리에게 아는 데서 머물지 말라는 요청입니다.

> 다른 사람들의 살아온 이야기는 이를테면 그 사람들이 실제로 겪은 과거의 실천입니다. 그것을 나의 목발로 삼아서 걸어가야겠다는 생각이 들었습니다. 이론과 실천의 무리한 통일이고 불균형일 수밖에 없지만 없는 것보다 나았습니다.
>
> 신영복,《감옥으로부터의 사색》의 〈한 발 걸음〉 중에서

지식이 지식에만 머물러 있다면 그 지식은 더 이상 지식이 아닙니다. 나에게도 그리고 세계에게도 어떤 변화를 창조할 수 없는 까닭입니다. 신영복에게 안다는 것은 멈춤이 아닙니다. 그에게 안다는 것은 필연적으로 '행한다'로 이어져 있습니다. 따라서 행함이 없는 앎은 진정한 의미의 앎이 아니게 됩니다.

신영복은 '가장 먼 여행'을 '머리 → 가슴 → 발'로 이어지는 여정이라고 했고, 이 여행이 생각보다 쉽지 않기 때문에 '가장 먼 여행'이라고 명명하였습니다. 이는 역설적인 명명이기도 합니다. 쉽지 않다는 것은 그만큼 추구할만한 가치가 충분하다는 것을 의미하기 때문입니다. 여행의 출발지인 머리는 앎을 의미하고, 경유지인 가슴은 공감, 도착지인 발은 실천이자 변화입니다. 또한 삶의 현장입니다. 그는 삶의 현장에 밀착된 지식을 참지식이라고 여겼던 것입니다. 현실과 유리된 지식이 아니라 현실에 뿌리내린 지식을 통해 세계를 더 나은 세계로 변화시키고 창조하고자 했던 것입니다.

4

공 존

한 그루의 나무만 있는
숲은 없다

共
存

거울에 비추어 보면 외모만 보게 되지만,
자기를 다른 사람에게 비추어 보면
자기의 인간적 품성이 드러납니다.

신영복, 《담론》의 〈이웃을 내 몸같이〉 중에서

내가 아닌 모든 것

'당신은 혼자서 살아갈 수 있습니까?' 이러한 질문에 대하여 신영복은 '우리는 더불어 숲입니다.'라고 답변합니다. 그는 사람을 하나의 나무로 보았고, 나무가 무리 지어 있는 모습을 숲으로 보았습니다. 숲을 가리켜 나무의 완성이라고 말했습니다. 숲은 다양성이 보존되어 있는 생태계입니다. 각자 다르되 함께 하나됨을 보여주는 세계입니다. 나무와 나무가 기대어 서로의 존재 이유가 되어 거대한 숲을 이루는 세계입니다. 한 그루의 나무만 있는 숲은 없습니다. 숲이 되려면 여럿이 함께여야 합니다. 여럿이 함께하려면 다른 나무가 많아야 합니다. 그랬을 때 나무는 나무에 기대어서 하나의 완전한 숲을 이룰 수 있습니다. 가령, 마을에 나 혼자뿐이라면 그것은 마을이 아니며, 학교에 나 혼자라면 그것은 학교가 아니며, 나라에 나 혼자라면 그것은 나라가 아닙니다. 혼자서는 무엇도 될 수 없습니다. 반드시 함께여야 마을을 이룰 수 있고 학교가 되며 나라가 됩니다. 이것이 신영복의 '더불어 숲'입니다. 타인의 존재 없이는 만들 수도 유지될 수도 없는 세계입니다. 타인이 존재해야 모든 것이 가능한 세계입니다.

신영복의 타인 개념은 그 폭이 상당히 넓습니다. 단순히 동시대를 함께 살아가고 있는 사람만을 지칭하지 않습니다. 그의 타인은 사람이면서 또한 뭇 생명들이며 무생명이기도 합니다. 이들의 공통점은 다른 누군가를 살려내는 힘이 있다는 것입니다.

내가 자살하지 않은 이유는 '햇볕' 때문이었습니다. 겨울 독방에서 만나는 햇볕은 비스듬히 벽을 타고 내려와 마룻바닥에서 최대의 크기가 되었다가 맞은편 벽을 타고 창밖으로 나갑니다. 길어야 두 시간이었고 가장 클 때가 신문지 크기였습니다. 신문지만 한 햇볕을 무릎 위에 받고 있을 때의 따스함은 살아 있음의 절정이었습니다. 내가 자살하지 않은 이유가 바로 햇볕 때문이었습니다. …… 매일 40명이 자살하는 사회에 살고 있습니다. 매년 1개 사단 병력이 넘는 1만 5천 명이 자살합니다. 우리 사회의 수많은 사람들이 헤어나지 못하는 곤고한 삶이 그처럼 혹독한 것이 사실이지만, 동시에 우리 사회가 가르치고 있는 삶이 어떤 것인가를 묻지 않을 수 없습니다.

신영복, 《담론》의 〈희망의 언어 석과불식〉 중에서

신영복은 20년을 감옥에 유폐되어 있었습니다. 1968년 통일혁명당 사건으로 무기징역을 선고받았던 그는 그로부터 20년 뒤인 1988년 특별 가석방으로 자유의 몸이 됩니다. 20대 후반에 시작된 징역살이가 40대 후반에 종료된 것입니다. 감옥은 20대 청년을 40대 중년으로 바꾸어놓았습니다.

그가 감옥에 있던 1960~1980년대 우리 사회는 역사적 격변기였습니다. 독재가 독재로 이어지는 괴로운 현실이었으며, 민주화에 대한 시민적 요구와 저항이 끊임없이 자라던 때였습니다. 그런 현실에서 모든 자유를 박탈당한 채 감옥에 유폐되었다는 것은 청년 신영복에게 견딜 수 없는 무력감을 주었을 것입니다. 어떤 희망도 보이지 않는 무기징역의 나날은 억울한 징역살이에 대한 참을 수 없는 분기를 주었을 것입니다. 분기의 끝에서 자살은 은밀하고 달콤하게 속삭였을 것입니다.

그가 자살하지 않은 이유는 '햇볕' 한 장 때문이었습니다. 햇볕이 건네는 위로와 따스함에서 '살아 있음의 절정'을 느낀 것입니다. 햇볕은 목숨을 살려준 '타인'이자 은인입니다. 그를 존재하게 한 근거입니다.

모스크바의 지하철에서 목격한 이야기입니다. 노인이 탑승하자 청년들이 얼른 일어서서 자기 자리로 모셔 앉히는 것이었습니다. 두 번 세 번 그런 광경을 목격하고 현지 교민에게 물어보았습니다. 대답은 '당연한 일이지요!'였습니다. '이 전철을 저 노인들이 건설했다'는 것이었습니다.

신영복,《담론》의 〈점은 선이 되지 못하고〉 중에서

모스크바 지하철 풍경은 한때 우리의 풍경이었습니다. 선배 세대를 예우하는 이른바 어른에 대한 공경과 존경은 불과 얼마 전까지만 해도 우리들의 일상이었습니다. 가사 문학의 대가인 송강松江 정철鄭澈의 시조 '이고 진 저 늙은이 짐 벗어 나를 주오. 나는 젊었거니 돌이라 무거울까'와 같은 내용은 사실 시조라고 할 것도 없었습니다. 우리들의 평범한 일상이었습니다. 그런데 지금의 상황은 꽤 괴심

합니다. 노인 세대가 이제는 젊은 세대의 짐이 되어 존경과 공경은커녕 백안시되고 있습니다. 노인 세대를 부양해야 하는 막중한 책임이 젊은 세대에게 부과되어 있으니 젊은 세대를 이해하지 못할 일은 아닙니다.

우리는 선배 세대에 대한 존경과 공경을 잃지 말아야 합니다. 러시아 청년들이 보여준 것처럼 우리 역시 그래야 합니다. 선배 세대의 눈부신 노력과 저항과 투쟁이 없었다면 오늘 우리의 삶은 사실상 불가능했을 것이기 때문입니다. 신영복이 모스크바 청년들을 끌어들인 이유도 여기에 있습니다. 이전 세대가 우리의 존재의 근거라는 것입니다. 신영복에게 모스크바 청년들은 그리고 이전 세대는 또 하나의 타인입니다. 현재의 나를 성찰하고 각성하게 하는 존재인 까닭입니다.

타인에 대한 철학적 해석은 오랫동안 다양하게 진행되어 왔습니다. 대표적인 경우가 오스트리아의 논리철학자 비트겐슈타인Ludwig Wittgenstein입니다. 비트겐슈타인에 따르면, 타자는 나와 삶의 규칙이 다른 사람입니다. 규칙이 다르기 때문에 동일해질 수 없는 낯선 존재입니다. 타자는 내게 없는 그 무엇인가를 가진 나와 다른 존재입니다. 반면 내가 아니지만 나와 유사하거나 동일한 규칙을 가지고 있다면 그는 타자가 아니라 또 다른 자아일 뿐입니다. 긴장할 필요도 없고 낯설지도 않은 존재는 자아이지 타자가 아닙니다.

삶의 규칙이 다르면 상호 어긋남이 많을 수밖에 없습니다. 이 어긋남을 통해 자아는 타자의 존재를 확인할 뿐만 아니라 그를 통해 자아를 확인할 수 있습니다. 비트겐슈타인은 이를 '마주침'이라고 했습니다. 타자는 나와 마주침을 통해 존재가 증명된다는 것입니다. 즉, 타자는 동일한 방향을 보는 것이 아니라 서로 규칙이 다른 사람과 마주하는 것입니다. 이것이 자아와 타자를 드러내는 방식입니다.

가령, 내가 축구 경기의 규칙을 가지고 있다면 타자는 야구 경기의 규칙을 가진 그런 존재입니다. 축구는 축구의 규칙이 적용되어야 하고 야구는 야구의 규칙이 적용되어야 게임이 이루어질 수 있습니다. 축구에 야구 규칙을 적용한다거나 야구에 축구 규칙을 적용한다면 그것은 코미디에 지나지 않습니다. 동일한 규칙을 강요해서는 어떤 경기도 할 수가 없습니다. 따라서 우리는 서로 다름을 인정하고 상호 존중을 통해서 관계를 유지해가야 합니다.

신영복은 비트겐슈타인과 조금 다른 견해를 보여줍니다. 신영복은 자아와 타자 사이의 관계를 강조하며 입장의 동일성을 최고의 관계로 봅니다. 더 나아가 관계의 최고 형태인 입장의 동일함을 뛰어넘는 방법도 제시합니다. 말하자면 관계를 관계로 멈추지 않고 더 발전적 관계로 나아가기 위해 '첫째 서로를 따뜻하게 해주는 관계, 둘째 서로 깨닫게 해주고 키워주는 관계'여야 함을 강조합니다.

자아의 불완전성을 보완해주는 존재

한편 프랑스의 철학자 들뢰즈Gilles Deleuze에 따르면, 타자는 자아의 조각난 세계(불완전한 세계)를 보완해주는 존재입니다. 즉, 자아는 조각난 상태로 존재하는데 이 조각남을 메워줄 존재가 타자입니다. 들뢰즈에게 자아와 타자는 상호 보완적 존재로 어느 하나만으로는 세상을 완성시킬 수가 없습니다. 자아든 타자든 불완전한 존재이기 때문입니다. 가령, 우리는 아무리 열심히 노력해도 자신의 등 뒤를 볼 수가 없는데, 자아가 볼 수 없는 자아의 등을 타자는 손쉽게 볼 수 있습니다. 자아 또한 타자의 등을 아무런 장애 없이 볼 수 있습니다. 따라서 서로가 보지 못하는 부분을 채워주는 관계가 자아와 타자의 관계입니다. 타자 없는 자아는 조각난 존재에 지나지 않으니까요. 이를 두고 들뢰즈는 '타자란 조각난 자아를 보충해주는 존재'라고 말했으며 또한 '이 세계는 타자 없이는 펼쳐지지 못한다'고 주장하였습니다.

무감어수無監於水는 널리 알려진 글귀는 아닙니다. 내가 많이 소개하는 편입니다. 물에(於水) 비추어 보지 마라(無監)는 뜻입니다. 물(水)은 옛날에 거울이었습니다. 동경銅鏡이 나오기 전에는 물을 거울로 삼았습니다. 물에 비추어 보면 얼굴만 비추어 보게(見面之容) 됩니다. 그렇기 때문에 감어인監於人, 사람에게 비추어 보라고 하는 것입니다. 참 좋은 말입니다. 거울에 비추어 보면 외모만 보게 되지만, 자기를 다른 사람에게 비추어 보면 자기의 인간적 품성이 드러납니다.

신영복, 《담론》의 〈이웃을 내 몸같이〉 중에서

인용한 《묵자》의 말과 신영복이 주장하는 가치는 동일합니다. '거울은 외모만 비추지만 사람은 인간적 품성까지 비추어준다'는 묵자의 말은 '사람이 최고의 교본'임을 주장한 신영복 사상과 일맥상통합니다. 신영복은 그 누구도 그 무엇도 아닌 사람에게서 배우라고 말합니다. 이는 내게 없는 것을 다른 사람이 갖추고 있다는 것을 의미합니다. 달리 말하면 너에게 없는 것은 내게 있다는 뜻이기도 합니다. 따라서 사람은 서로 보완적 존재일 수밖에 없습니다.

사람에게서 배우고 사람에게 비추어 보려면 교류 및 교제 기간이 비교적 길어야 합니다. 짧은 시간으로 한 사람을 깊이 알 수 없습니다. 오래 사귀어야 한 사람의 인품과 품격을 조금이나마 알 수 있습니다.

그런데 우리의 현실은 사람과의 교류를 장려하기보다는 단절시키는 쪽에 가깝습니다. 2017년 국토교통부 발표 자료에 따르면, 우리나라 국민은 평균 7.7년마다 집을 옮기는 것으로 나타났습니다. 이웃이 되려면 교제하고 교류할 시간이 넉넉해야 합니다. 우리에게 이웃이 많지 않은 이유입니다. 잦은 이사가 결국은 서로를 낯선 타인으로 만들고 있습니다.

이웃 혹은 마을은 가능할까

아프리카 속담이이라고 알려진 '아이 하나를 키우는 데는 마을 전체가 필요하다'는 말은 미국의 작가 베티 B. 영Bettie B. Young이 지은 책 제목이기도 합니다. 공동육아를 떠올릴 수밖에 없는 이 말은 우리를 '마을이 있는가' 하는 부끄러운 질문 앞에 데려다 놓습니다. 또한 내 아이를 보살필 줄은 알지만 남의 아이는 거들떠보지 못하는 현실을 마주시킵니다. 공자도 그가 설계한 이상 세계인 '대동사회'에서 공동육아를 제시하고, 플라톤도 '국가'를 통해 공동육아를 제안합니다. 공동체를 유지하고 존속시키는 데 공동육아가 절대적으로 필요함을 강조한 것입니다.

우리는 개인의 시간만을 사는 게 아닙니다. 앞선 세대와 뒤에 올 세대를 연결하는 시간을 살기도 합니다. 나의 삶, 나의 시간 안에는 과거·현재·미래 세대의 시간이 내재되어 있습니다. 이전 세대의 시간이 있었으므로 나의 시간은 주어졌고, 나의 시간으로 인하여 다음 세대의 시간이 만들어질 것입니다. 우리는 시간 속에서 공존하고 있습니다. 수십만 년의 시간 속에서 오늘의 나는 존재하게 되었습니다. 그러므로 현재의 나는 최신 인류입니다. 이전까지의 모든 인류와 생명의 시간은 현재의 나를 있게 하기 위한 것이었습니다. 이는 역설적인 의미를 갖기도 합니다. 다른 사람의 시간이 없었다면 현재의 내가 존재 불가능했듯, 현재의 나는 다음 세대를 위한 시간이라는 이야기입니다. 나의 시간이 모여 다음 세대가 출현할 것이니 허투루 살 수 없는 운명이라는 것입니다.

빅토르 위고가 《레미제라블》에서 한 말입니다. '땅을 갈고 파헤치면 모든 땅들은 상처받고 아파한다. 그 씨앗이 싹을 틔우고 꽃 피우는 것은 훨씬 뒤의 일이다.' 사실입니다. 아름다운 꽃은 훨씬 훗날의 사람들을 위한 것입니다. 하물며 열매는 더 먼 미래의 것입니다. 우리의 삶은 씨앗과 꽃과 열매의 인연 속

어디쯤 놓여 있는 것이지요. 고전의 아득한 미래가 바로 지금의 우리들인지도 모르겠습니다.

신영복,《담론》의 〈중간 정리〉 중에서

이렇게 되면 신영복이 그토록 중요하게 여기는 '관계'는 동시대적 인간관계를 넘어서서 앞뒤 세대의 세대 간의 관계를 포괄하는 개념이 됩니다. 이전 세대와 현 세대와 다음 세대의 관계를 아우르는 개념이 됩니다. 우리는 이전 세대가 뿌려놓은 씨앗의 꽃을 구경하고 있거나 열매를 따먹고 있는 중입니다. 그렇다면 우리는 다음 세대를 위하여 어떤 씨앗을 뿌려주어야 할까요?

타인이라는 가능성과 한계

타인에 대한 가장 압도적인 사례는 《감옥으로부터의 사색》에 있는 〈여름 징역살이〉 이야기입니다. 신영복은 자신의 감옥 체험을 통해 타인이란 누구인가를 묻고 있습니다.

무더운 여름에 옆 사람과 살을 맞대고 붙어서 잔다는 것은 고역입니다. 당연히 옆 사람이 미워집니다. 마찬가지로 자기도 옆 사람으로부터 미움을 받습니다. 옆 사람의 죄가 아니고 고의가 아닌 줄 알면서도 옆 사람을 증오하게 됩니다. 그리고 더욱 절망적인 것은 자기의 행위 때문이 아니라 자기 자신의 존재 그 자체 때문에 증오를 받고 있다는 사실입니다. …… 이러한 증오가 잘못된 것이라는 결정적 반성은 겨울을 기다려야 합니다. 겨울철에는 옆 사람의 체온으로 추위를 견디기 때문입니다. 그래서 나는 여름보다 겨울을 선호합니다. 교도소의 겨울은 혹독한 추위와 싸워야 합니다. 그러나 가장 가까운 옆 사람을 증오하지 않고 따뜻하게 만날 수 있다는 사실이 최대의 은혜입니다.

신영복, 《감옥으로부터의 사색》의 〈여름 징역살이〉 중에서

여름 교도소의 타인과 겨울 교도소의 타인은 같으면서 전혀 다른 존재입니다. 그는 서로의 살을 맞대고 자야 하는 무더운 여름의 고역에 대해 말합니다. 혼자 있어도 무덥고 불쾌할 수밖에 없는 한여름의 교도소에서 다른 사람과 살을 맞대고 있어야 하는 괴로움은 이루 말할 수 없는 것이겠지요. 옆 사람이 미움의 대상이고 증오의 대상이 되는 것을 피할 수가 없습니다. 물론 자신 또한 옆 사람의 증오와 미움의 대상이 되어 서로가 서로의 불편 자체가 되어버립니다. 존재하는 것 자체가 민폐가 되는 상황입니다. 문제는 그것을 피할 수 없다는 점입니다. 그러므로 여름 교도소의 타인은 지옥과도 같은 존재입니다. 신영복은 옆 사람을 일러 '형벌 그 자체'라고 할 정도입니다.

반면 겨울이 되면 이런 지옥 같은 존재가 오히려 '최대의 은혜'로

탈바꿈하게 됩니다. 놀라운 일이 아닐 수 없습니다. 겨울 교도소의 혹독한 추위를 견디게 하는 유일한 따뜻함은 다름 아닌 옆 사람의 체온이기 때문입니다. 별도의 난로가 없는 상황에서 타인의 체온은 그 무엇과도 견줄 수 없는 온기가 되어줍니다. 타인의 체온이 아니라면 견디기 힘든 겨울 교도소에서 서로의 체온은 겨울을 견디게 하는 힘이 되어줍니다. 따라서 서로의 체온을 나누어 가져야 겨울을 견딜 수 있으므로 겨울 교도소에서 타인이란 서로를 존재하게 만드는 이유, 즉 존재의 근거가 됩니다.

이렇게 보면 타인이란 상황에 따라 다른 존재임이 확실해집니다. 동일한 존재이지만 '춥고, 덥고'에 따라 전혀 다른 존재가 되는 타인, 이러한 타인의 상대성이 신영복에게는 자기 성찰의 기회로 작용합니다. 여름에는 겨울의 타인에 기대어, 겨울에는 여름의 타인에 기대어 자신을 생각하면서 자신의 정신을 가꾸어갈 수 있기 때문입니다. 타인은 자아의 가능성입니다.

타인은 나의 가능성이다

생명은 그래요.
어디 기대지 않으면 살아갈 수 있나요?
공기에 기대고 서 있는 나무들 좀 보세요.

우리는 기대는 데가 많은데

기대는 게 맑기도 하고 흐리기도 하니
우리 또한 맑기도 하고 흐리기도 하지요.

비스듬히 다른 비스듬히를 받치고 있는 이여.

정현종, 〈비스듬히〉

신영복의 타인에 대한 생각을 이처럼 완벽하게 표현한 시도 없을 것입니다. '생명은 그래요. 어디 기대지 않으면 살아갈 수 있나요?' 시인의 이러한 물음은 《감옥으로부터의 사색》에 있는 〈한 발 걸음〉과 동일한 세계에 있습니다.

여러 가지 면에서 나는 나만 모르는 '왕따'였습니다. 왕따 기간이 5년쯤 되지 않았나 생각됩니다. 그 5년이란 기간이 정확하게는 내 생각이 변화하는 데 필요한 시간이었습니다. 왕따는 내가 변화함으로써 벗어나게 됩니다. 내가 변화한다는 것이 바로 동료 재소자들의 경험을 목발로 삼아 서툰 걸음을 시작하는 것이었습니다.

신영복, 《감옥으로부터의 사색》의 〈한 발 걸음〉 중에서

'한 발 걸음'은 다리 하나로 걷는 걸음을 말합니다. 불편이 이만저만이 아닌 걸음입니다. 이 불완전한 걸음걸이를 완전한 걸음걸이로 만들어주는 것은 다름 아닌 다른 사람들의 삶이라고 강조합니다.

신영복은 5년이나 '왕따'였음을 고백하고 왕따로부터 벗어날 수 있었던 이유를 재소자들에게서 찾습니다. 그들의 경험을 목발로 삼아 걸으면서 한 발 걸음의 왕따에서 벗어날 수 있었고, '두 발 걸음'을 시작할 수 있었다는 것입니다. 이것은 인간은 누구나 다른 사람과 함께 걸어야 완전해질 수 있음을 의미합니다. 누구나 타인에 기대어 존재 가능해진다는 〈비스듬히〉나 내가 걷기 위해서는 타인이라는 '목발'에 의지하지 않을 수 없음을 말하는 〈한 발 걸음〉은 그 주제가 다르지 않습니다. 신영복에게 그리고 정현종에게도 타인은 나의 존재를 가능하게 하는 근거입니다. 타인 없는 나는 존재 불가능합니다.

굳이 사람과 사람의 관계로 한정하지 않는다 해도 이러한 정의는 성립합니다. 우리는 거의 매일 하루 세끼를 먹습니다. 밥은 쌀의 죽음 없이 불가능한 것이고 국도 반찬도 다수의 생명체가 죽지 않으면 혹은 죽이지 않으면 사람을 위한 음식이 될 수 없습니다. 소고기 한 점만 먹는다 해도 그것은 소 한 마리의 죽음 없이는 불가능합니다. 한 사람의 생명은 참 많은 존재들에게 빚지고 있는 것입니다. 다른 존재 없이 생존 자체가 불가능한 것이 사람의 목숨입니다. 우리가 먹은 것들은 그냥 소멸되는 것이 아닙니다. 그들은 우리 안으로 들어와 우리를 만듭니다. 살도 되고 피도 되며 살아가는 에너지가 됩니다. 그래서 사람은 혼자의 몸이 아닙니다. 나이면서 너이고 너이면서 나입니다. 또한 부분이면서 전체입니다. 다른 무수한 것들의 집합체가 사람이기 때문입니다.

타인은 나의 한계다

물론 타인에 대한 전혀 다른 생각도 존재합니다. 사르트르는 그의 희곡을 통해 타인을 지옥이라고 제시합니다.

> 지옥은 바로 타인들이야.
>
> 장 폴 사르트르,《닫힌 방》(지영래 옮김, 민음사) 중에서

'출구 없는 방'이라고도 번역되는 '닫힌 방'의 상황은 이러합니다. 호텔 방의 문은 닫혀 있으며 항상 전등이 켜져 있습니다. 폐쇄적이지만 적나라한 그곳에서 이전에 한 번도 서로 만난 적 없는 낯선 세 사람이 영원히 같이 지내야 합니다. 이를 두고 작가인 사르트르가 한 말입니다.

친한 사람과 일생을 살아가는 것도 어렵고 힘겨운 일일 수 있습니다. 전혀 모르는 사람과 영원히 지내야 한다면 그것은 말 그대로 지옥일지 모릅니다. 인간관계에서 가장 중요한 것은 신뢰입니다. 서로를 믿을 수 있을 때 그 친화력이 단단해집니다. 인간에 대한 신뢰는 단기간에 만들어지지 않습니다. 오랫동안 교류하고 교제하여야 비로소 한 사람에 대한 믿음이 생겨납니다. 온갖 정성과 시간을 들여야 가능한 일입니다.

'사회적 거리'라는 개념이 있습니다. 개인과 개인, 개인과 집단, 집단과 집단 사이의 친소親疏 관계를 나타내는 개념입니다. 미국의 사회학자 로버트 E. 파크Robert Ezra Park가 제시한 것인데, 인간관계의

친밀감이나 적대감 등을 통해 인간의 감정적 거리를 나타내기 위하여 사용하였습니다. 이를테면 자주 만나지는 않더라도 친구와의 사회적 거리는 가까운 반면 지하철 등의 밀착된 공간에서 만나는 사람들의 경우 물리적 거리는 가깝지만 정서적 거리는 아주 멉니다. 이러한 거리 개념이 반영된 것이 사회적 거리입니다. 희곡 〈닫힌 방〉 속 인물들의 사회적 거리는 아주 멉니다. 따라서 이들이 겪어야 하는 인간에 대한 경계심은 극단적일지 모릅니다. '타인이 지옥'이라는 사르트르의 선언은 괜한 말이 아닌 것입니다.

타인과 어떻게 살아가야 할까

묵자가 진단한 당대 사회는 무도하고 불안한 사회였습니다. '세상 사람들은 누구도 서로 사랑하지 않으며, 강자는 약자를 억압하고, 다수는 소수자를 겁박하고, 부자는 가난한 사람을 업신여기고, 귀족은 천한 사람에게 오만하고, 간사한 사람은 어리석은 사람을 속인다. 세상은 화찬과 원한으로 가득 차 있다.' 이러한 현실의 궁극적 원인은 바로 서로 사랑하지 않기 때문이라는 것이 묵자의 결론입니다. 따라서 근본적 해결 방법은 세상 사람들이 서로 차별 없이 사랑하는 것입니다. 차별 없이 사랑할 때 평화로워진다는 것입니다. 이것이 묵자의 '겸애' 사상입니다.

신영복은 묵자의 겸애사상을 하나의 방법으로 제시합니다. 그는 묵자로부터 연대와 상생을 읽습니다. 주지하다시피 묵자는 반전 평화론자입니다. 당대는 인간의 도리가 무너진 사회였고 전쟁과 폭력이 난무하던 시대였습니다. 묵자는 세상이 이처럼 어지러운 이유를 서로 사랑하지 않는 데서 찾습니다. 따라서 그가 제시한 근본적인 해결 방법은 '서로 차별 없이 사랑하라'였습니다. 이것이 묵자의 겸애설입니다.

묵자가 제시하는 타인과 살아가는 방법 가운데 다음 두 가지를 더 기억하기로 합니다. 이는 신영복이 특히 강조하는 부분이기도 합니다. 먼저 '애인약애기신愛人若愛其身'입니다. '남을 내 몸같이 사랑하라'는 것입니다. 차별 없이 사랑할 수 있는 방법으로 치면 최상의 비유라고 할 수 있습니다. 사람들의 자기 몸에 대한 애정은 상상을 초월합니다. 이는 옳고 그름의 문제가 아닙니다. 본능적인 것입니다. 크고 작은 상처에 대해 반응하는 것도 그러하고 몸에 좋고 나쁨에 대한 인식과 반응 등도 그러합니다. 신영복은 묵자의 애인약애기신을 예수와 연결 짓습니다. 성경에도 '네 이웃을 네 자신과 같이 사랑하라'는 구절이 있기 때문입니다.

다음으로 '겸상애兼相愛 교상리交相利'입니다. 겸상애는 '서로 사랑하라'는 뜻이고, 교상리는 '서로 이롭게 하라'는 의미입니다. 신영복은 이를 오늘날의 동반 성장과 연계합니다. 승자 독식의 사회에서

'교상리'가 갖는 가치는 남다르기 때문입니다. 신영복은 빈부 격차와 불평등이 일상화된 오늘의 현실에 주목하여 묵자의 '교상리'로부터 '연대와 상생'을 끌어냅니다. 묵자의 시대나 신영복의 시대나 '여럿이 함께'는 고전적 진리인 셈입니다.

신영복이 관계를 중요시하는 이유가 여기 있을지 모릅니다. 불완전한 인간이 완전해질 수 있는 유일한 방법은 타자와의 관계를 맺는 것입니다. 인간은 불완전함을 해소하기 위해 관계를 맺지 않고 살아갈 수 없으며 관계 없이는 존재 자체가 불가능합니다. 그래서 신영복은 관계 가운데 특히 이웃에 대한 사랑을 《묵자》를 인용하여 강조한 이유입니다. 그러나 '차별 없는 사랑'이 말처럼 쉬운 것은 아닙니다. 사람과 사람의 사랑, 사람과 다른 생명체의 사랑, 어느 사랑이든 선택이 뒤따르고 여기에는 기회비용이 동반되기 때문입니다.

손을 내밀면 연하고 보드라운 혀로 손등이며 볼을 쓰윽, 쓱 핥아주며 간지럼을 태우던 흰둥이. 보신탕감으로 내다 팔아야겠다고, 어머니가 앓아누우신 아버지의 약봉지를 세던 밤. 나는 아무도 몰래 대문을 열고 나가 흰둥이 목에 걸린 쇠줄을 풀어주고 말았다. 어서 도망가라, 멀리 멀리, 자꾸 뒤돌아보는 녀석을 향해 돌팔매질을 하며 아버지의 약값 때문에 밤새 가슴이 무거웠다. 다음 날 아침 멀리 달아났으리라 믿었던 흰둥이가 아무 일도 없다는 듯이 돌아와서 그날따라 푸짐하게 나온 밥그릇을 바닥까지 다디달게 핥고 있는 걸 보았을 때, 어린

나는 그예 꾹 참고 있던 울음보를 터뜨리고 말았는데

흰둥이는 그런 나를 다만 젖은 눈빛으로 핥아주는 것이었다.
개장수의 오토바이에 끌려가면서 쓰윽, 쓱 혀보다 더 축축이
젖은 눈빛으로 핥아주고만 있는 것이었다.

손택수, 〈흰둥이 생각〉

〈흰둥이 생각〉을 보면 흰둥이와 아버지의 약값 사이에서 시적 화
자인 나는 흰둥이를 풀어주는 선택을 합니다. 풀어주고 나서도 아버
지의 약값 때문에 가슴이 무거운 주인공인데, 다음 날 아침 흰둥이가
되돌아옵니다. 돌아와서 개장수에게 끌려갑니다. 누가 보더라도 흰
둥이는 자기가 죽을 것임을 알고 있는듯합니다. 도망가지 않고 되돌
아온 것은 자기 헌신과 희생이자 주인에 대한 고마움을 자신의 목숨
으로 표현한 것이라고 볼 수 있습니다. 사람이 아닌 짐승도 고마움
을 알 뿐 아니라 그 고마움을 자신의 모든 것인 생명으로 갚습니다.
주인공은 주인공의 방법으로 흰둥이를 사랑했고, 흰둥이는 흰둥이
의 방법으로 주인공과 가족을 사랑했던 것입니다.

그러므로 흰둥이는 또 하나의 타인입니다. 우리에게 헌신과 희
생의 참다운 의미를 깨우쳐준 까닭입니다. 또한 우리의 불완전성(아
버지의 병환)을 극복하게 만들어준 까닭입니다.

우리는 어느 누구도 '타자' 없이 존재할 수 없습니다. 하루 세끼
의 밥도 국도 반찬도 어느 한 생명의 죽음입니다. 죽음을 전제로 하

지 않는 음식은 없습니다. 우리는 그 죽음을 먹고 마시고 생존합니다. 따라서 우리의 생명은 다른 생명에 빚지고 있는 것입니다. 이 순간 이후로도 우리는 살아 있는 내내 지금까지보다 더 많은 양의 소와 돼지와 닭을 먹어야 합니다.

그 사람이 원하지 않는 것을 그에게 베풀지 말라

신영복은 공자의 말을 비판적으로 인용하여 또 하나의 대안을 제시합니다. '기소불욕물시어인己所不欲勿施於人' 이 말은 '자기가 원하지 않는 것을 다른 사람에 베풀지 말라'는 뜻으로 오늘날에도 여전히 쓰이고 있습니다. 내가 원하지 않는 것은 다른 사람도 싫어한다는 것을 알라는 것입니다. 신영복은 여기서 한 걸음 더 나아가 '자기가 원하지 않는 것'을 '그 사람이 원하지 않는 것'으로 대체시킵니다. '그 사람이 원하지 않는 것을 그에게 베풀지 말라'는 주장입니다. 한마디로 판단의 중심을 이동시킨 것입니다. 나를 중심에 두지 않고 그를 중심에 둔 획기적인 사고이자 발상입니다.

그런데 '그 사람이 원하지 않는 것'이란 말에는 '그 사람이 무엇을 원하고 무엇을 원하지 않는지를 안다'는 뜻이 전제되어 있습니다. 문제는 그 사람이 원하는 것과 원하지 않는 것을 정확히 알기가 쉽지 않은 점입니다. 상대방을 충분히 생각하고 고려하여 선물을 하더라도 그 가치가 미미할 때가 있습니다. 서로 바라는 바가 다를 수 있기 때문입니다. 또한 우리가 근본적으로 다르기 때문입니다. 그러므로 '그 사람이 원하지 않는 것을 그에게 베풀지 말라'는 말을 '그를 완벽히 알라'는 뜻으로 이해하는 것은 곤란합니다. 누구도 다른 이를 완벽하게 알 수 없습니다. 앎이 아니라 배려와 존중으로 읽어야 하는 이유입니다. 상호 존중과 배려를 할 때 서로의 관계를 유지하고 발전시켜 나갈 수 있습니다. 그랬을 때 우리의 궁극적 목적대로 나와 다른 사람과 함께 살아갈 수 있습니다.

5

화 화

똘레랑스에서 노마디즘으로

和
化

오늘날 우리에게 필요한 것이 바로 열린 사고입니다.
남과 북의 통일通一과 화화和化에 대한 열린 사고입니다.
이것은 관용(tolérance)에서 유목(nomadism)으로
탈주하는 탈근대의 경로이기도 합니다.

신영복, 《담론》의 〈똘레랑스에서 노마디즘으로〉 중에서

화이부동

'화화和化'는 새로운 단어입니다. 국어사전에 등재되어 있지 않은 신영복이 지은 말입니다. 그런데 화화는 전혀 낯선 말들의 조합이 아닙니다. 화和는 '조화'를 의미하고 화化는 '변화'를 의미합니다. 신영복은 화和의 뿌리를 유교 철학의 '화이부동和而不同'에서 찾습니다. 크고 작은 나라 간에 조화를 이루되 흡수 통합되어서는 안 된다는 논리 속에서 화和를 가져온 것입니다. 화和는 크고 작은 나라들 간의 공존과 공생의 질서입니다.

신영복은 여기서 한 걸음 더 나아가 화이부동의 원리를 오늘날의 연방제에 비유합니다. 즉, 화이부동이 춘추전국시대 72개의 제후국 간의 평화 공존을 가능하게 한 것이 오늘날의 관점에서 연방제와 유사한 측면이 있다는 것입니다. 전쟁을 반대하고 강대국과 약소국이 평화 공존할 수 있는 논리이기 때문입니다.

화和가 유교 철학에 뿌리를 둔 것이라면 화化는 들뢰즈의 노마디즘nomadism과 연결되어 있습니다. 노마디즘은 특정한 가치와 삶의 방식에 얽매이지 않는 유목민적인 삶과 사유입니다. 중심의 논리, 지배의 논리를 거부하는 탈주입니다. 따라서 신영복은 화化를 현재로부터 더 나은 세계로 나아가려는 창조라고 주장합니다.

이러한 변화에는 전제가 있습니다. 바로 세계 인식입니다. 신영복에 따르면 세계 인식은 세계를 변화시켜가기 위해 필요하며, 가장 중요한 것은 그것이 '진실'을 담고 있어야 한다는 것입니다. 그는 진실의 중요성을 강조하기 위하여 '맹강녀孟姜女 전설'을 소개하고 있습니다.

> 맹강녀는 만리장성 축조에 강제 동원되어 몇 년째 소식이 없는 남편을 찾아갑니다. 겨울옷 한 벌을 지어서 먼 길을 찾아왔지만 남편은 이미 죽어 시체마저 찾을 길이 없습니다. 당시에는 시체를 성채 속에 함께 쌓아 버렸다고 합니다. 맹강녀는 성채 앞에 옷을 바치고 사흘 밤낮을 통곡했습니다. 드디어 성채가 무너지고 시골白骨이 쏟아져 나왔습니다. 옷을 입혀서 곱게 장례 지낸 다음 맹강녀는 노룡두에 올라 바다에 투신합니다.
>
> *신영복, 《담론》의 〈사실과 진실〉 중에서*

맹강녀는 강씨 성을 가진 집안의 맏딸을 의미합니다. 그녀를 주인공으로 한 맹강녀 전설은 중국 4대 민간 전설 중의 하나라고 합니다. 많은 사람에게 오랫동안 회자된 만큼 여러 이본異本이 존재하는데, 이본들의 공통된 주제 의식은 '진실'입니다. 전설은 비극적인 사랑을 주제로 하고 있습니다. 그러나 전설의 비극은 비극에 머물지 않습니다. 맹강녀가 견고한 만리장성을 눈물로 무너뜨렸다는 것은 분명 과장이자 허구일 것입니다. 그럼에도 사람들은 이 전설에서 과장이나 허구를 읽지 않습니다. 오히려 진실을 읽습니다.

전설이 모두 사실이라고 할 수는 없습니다. 사실이라기보다 믿음일지 모릅니다. 신영복 또한 맹강녀 전설이 사실이라고 믿지 않습니다. 그는 사실로서의 맹강녀가 아니라 진실로서의 맹강녀를 말하고자 합니다. 진실의 힘을 말하고자 합니다. '사실이란 작은 레고 조각에 불과하고 그 조각들을 모으면 비로소 진실이 됨'을 강조한 이유입니다. 진실이 사실을 기반으로 하지만 동시에 사실을 뛰어넘는 것임을 말하는 것입니다. 진실은 시대는 물론 사람의 마음을 움직이는 힘이 있습니다. 맹강녀 전설은 우리에게 세계를 인식하고 변화시키는 진실의 힘을 보여주는 하나의 사례입니다.

군자화이부동君子和而不同 소인동이불화小人同而不和

공자, 《논어論語》의 〈자로子路〉 편

신영복은 '화동和同 담론'의 출처로 이 구절을 제시합니다. 말하자면 이 구절의 줄임말이 화동 담론이라는 것입니다. 그런데 인용한 구절에 대한 일반적인 해석에 그는 동의하지 않습니다. '군자는 화목하되 부화뇌동하지 않으며, 소인은 동일함에도 불구하고 화목하지 못한다'는 해석보다는 다음과 같은 새로운 해석을 제시합니다.

군자는 다양성을 인정하고 지배하려고 하지 않으며,
소인은 지배하려고 하며 공존하지 못한다.

신영복, 《담론》의 〈똘레랑스에서 노마디즘으로〉 중에서 이러한 그의 해석의 근간에는 시대 인식이 전제되어 있습니다. 당시는 춘추전국시대로 전쟁이 일상화되어 있었습니다. 전쟁을 막고 평화롭게 공존할 수 있는 지혜가 필요한 시대였습니다. 따라서 신영복은 화동 담론을 춘추전국시대 유가 학파의 세계 인식이자 대안으로 해석한 것입니다. 큰 나라 작은 나라, 강한 나라 약한 나라가 평화롭게 공존하는 화和의 질서, 이는 흡수합병이라는 패권적 국가 경영에 반대하는 논리입니다.

　　따라서 화이부동은 흡수 논리에 대한 저항입니다. 화和가 조화와 공존의 논리를 의미하는 데 반하여 동同은 흡수의 논리입니다. 일반적으로 동同을 '함께'로 이해합니다. 동료, 동지, 동행, 동감 등의 동同이 아름다운 말인 이유입니다. 그러나 화이부동의 동同은 '함께'를 의미하지 않습니다. 동질화, 동화와 같은 위험하고 위협적인 말입니다. 단순히 '같음'을 의미하는 것이 아니라 중심이 주변을 흡수 통합하여 '같아짐'을 의미하기 때문입니다. 여기에는 자율성이나 자유의지가 결합되어 있지 않습니다. 일방적이며 강제적인 힘의 논리가 작용하는 개념입니다. 따라서 신영복은 화和를 취하고 동同을 버립니다. 동同은 지배의 논리이자 중심의 논리로 폭력의 다른 이름에 불과하기 때문입니다. 흡수하는 자의 우월성과 힘은 강조되지만 흡수당하는 자의 고통과 아픔은 반영되지 않는 것, 이것이 동同입니다.

　　신영복이 화동 담론을 재론하는 이유는 두 가지입니다. 첫째, 동同의 논리로 오늘날의 패권적 구조를 조명할 수 있기 때문입니다. 둘째, 한반도의 통일 담론으로서도 매우 중요한 의미를 갖기 때문입니다.

유럽 근대사의 전개 과정은 존재론적 논리가 관철되는 강철의 역사였습니다. 자기의 존재성을 배타적으로 강화하는 존재론적 논리가 잔혹한 식민지 시대와 크고 작은 수많은 전쟁을 거쳐 오늘날의 거듭되는 금융 위기를 노정하기에 이르고 있습니다. …… 그럼에도 불구하고 그러한 패권 구조는 여전히 건재합니다.

신영복, 《담론》의 〈똘레랑스에서 노마디즘으로〉 중에서

그는 금융 위기를 포함한 현대사회의 여러 문제들의 배후를 유럽의 존재론적 논리에서 찾습니다. 자기중심적이며 우월적인 패권 논리가 지배하지 않았다면 근대의 크고 작은 전쟁은 없었을지도 모릅니다. 근대는 물론 근대 이후 인류가 경험하고 있는 다양한 문제는 결과적으로 유럽 근대사 과정에서 나타났던 우월적이며 배타적인 존재론이 그 뿌리입니다. 힘의 논리이자 강자의 논리이자 배타적 우월주의인 존재론은 《논어》의 '동同'과 그 의미가 같습니다.

나는 통일統一을 '通一'이라고 쓰기도 합니다. 평화 정착, 교류 협력만 확실하게 다져 나간다면 통일統一 과업의 90퍼센트가 달성된 것과 같기 때문입니다. 평화 정착, 교류 협력, 그리고 차이와 다양성의 승인이 바로 통일通一입니다. …… 이것은 남과 북이 폭넓게 소통하고 함께 변화하는 과정입니다. 화和에서 화化로 가는 '화화和化'의 모델입니다.

통統은 '합치다'는 뜻을 가진 반면 통通은 '통하다, 왕래하다'의 의미가 있습니다. 따라서 신영복이 통統을 통通으로 쓰기도 한다는 말은 사실상 통일 방법론의 제시입니다. 즉, 통일은 영토의 합침뿐만 아니라 남북 구성원끼리의 서로 통함이 전제되어야 한다는 것입니다. 남한이나 북한 중심의 일방적인 통일統一이 아니라 남북 구성원의 교류와 협력을 바탕으로 상호 다양성과 차이를 존중하는 통일通一, 이것이 진정한 통일이라는 주장입니다.

이는 중심 논리를 거부하는 생각입니다. 남한이든 북한이든 특정 국가 중심의 통일은 필연적으로 갈등을 유발시킬 것입니다. 남남 갈등이 있었던 것처럼 지역 차별이나 우월주의가 기승을 부릴지 모릅니다. 따라서 신영복의 '통일通一 담론'은 시대적 조언입니다.

북벌은 조선 사회의 존립 근거가 됩니다. …… 이후 조선은 북벌을 국시로 하는 소중화小中華의 나라로 교조화됩니다. 조선 시대의 이러한 상황에서 북학은 엄청난 이단이었습니다. 오랑캐를 배우자고 하는 것이나 다름없습니다. …… 북학파의 열린 자세는 대단한 파격입니다. 배울 것 없는 상대란 없습니다. 문제는 배울 것이 없다는 폐쇄된 사고입니다. 오늘날 우리에게 필요한 것이 바로 열린 사고입니다. 남과 북의 통일通一과 화화和化에 대한 열린 사고입니다. 이것은 관용

(tolérance)에서 유목(nomadism)으로 탈주하는 탈근대의 경로
이기도 합니다.

신영복,《담론》의 〈똘레랑스에서 노마디즘으로〉 중에서

과거나 현재나 중국의 변화가 우리나라에 끼치는 영향은 상상
이상으로 큽니다. 명나라가 망하고 청나라가 등장하던 명·청 교체
기의 조선은 혼란 그 자체였습니다. 망한 명나라에 대한 사대를 거두
지 못한 집권 세력의 북벌론과, 신흥국인 청나라에서 문물을 배우자
는 입장이 팽팽히 맞서던 상황이었습니다. 지배 세력은 문명국가인
조선이 미개한 오랑캐에게 배울 수 없다는 폐쇄적 자세로 일관합니
다. 반면에 실학자 연암燕巖 박지원朴趾源을 중심으로 하는 북학파北學
派는 청나라가 오랑캐일지라도 우리에게 도움이 된다면 무엇이든 배
우자는 열린 자세를 취합니다. 신영복은 북학파의 열린 사고가 통일
을 위한 우리의 바람직한 자세임을 제안합니다. 이는 중심 논리에서
벗어나야 가능합니다. 중심에 대해 의심 없이 기존의 세계관을 그대
로 답습하게 되면 변화로 나아갈 수 없으며 그것은 고립을 자초하는
일입니다.

중심에 대한 의심 가운데 으뜸은 폴란드의 천문학자 코페르니
쿠스Nicolaus Copernicus의 지동설地動說이 아닐까 합니다. 코페르니쿠스
이전까지만 해도 지구는 우주의 중심이었습니다. 모든 천체가 지구
를 중심으로 운행한다고 믿었습니다. 이른바 천동설天動說은 16세기
이전까지 인간의 의식을 지배하고 있었습니다. 이러한 천동설 패러다

임을 지동설 패러다임으로 전환시킨 장본인이 코페르니쿠스입니다.

코페르니쿠스에 견줄만한 인물로 우리나라에는 홍대용洪大容이 있습니다. 18세기 대표적 실학자이자 북학파인 홍대용은《의산문답醫山問答》을 통해 우리나라 최초로 지동설을 주장하였습니다. '사람과 사물은 동등하며 지구는 우주의 중심이 아니다.' 그의 이러한 주장은 매우 혁명적인 것입니다. 성리학적 식견으로 보면 인간과 사물은 동등할 수 없습니다. 사람은 다른 사물보다 더 지혜로운 존재니까요. 나아가 사람과 사람 사이에도 서열이 있으므로 사람과 사물은 동등할 수 없습니다. 이러한 성리학의 세계관을 부정한 것이 홍대용입니다. 그는 여기서 멈추지 않고 중국이 천하의 중심이 아님을 주장합니다. 이전까지만 해도 세계는 중국 중심으로 유지 존속된다고 믿어 의심치 않았습니다. 중국이 중심에 있고 주변에는 오랑캐가 배치되어 있으며 그 오랑캐 중 하나가 우리라는 믿음 속에 살아온 것입니다. 따라서 '각자가 있는 곳이 세계의 중심'이라는 이른바 역외춘추론域外春秋論은 중국 중심의 화이론華夷論에 대한 전면 부정입니다.

조선 건국 이래 이런 주장을 펼친 예는 없었습니다. 천하의 중심은 중국이고 우리는 그 주변 오랑캐일 뿐이라는 사대의 논리는 조선을 지탱하는 관념이었습니다. 사대가 곧 존재의 이유였습니다. 스스로를 오랑캐라고 비굴을 정당화했던 조선 사회에서 홍대용의 주장은 위험한 것이었습니다. 중국을 세계의 중심으로 섬겨온 지배층과 지식인들에게 이보다 허무맹랑하고 충격적인 주장은 없었습니다. 그의 불온한 이 주장은 그래서 받아들여지지 않았습니다. 이러한 홍대용을 두고 박지원은 다음과 같이 말했습니다. "그는 시대와 불화한 위대한 인물이다."

사람은 누구나 시대를 반영하며 살아갑니다. 자신이 사는 시대를 뛰어넘는 사람은 많지 않습니다. 시대의 매뉴얼대로 살아가는 것을 모범적이라고 하고 다들 그렇게 살고자 합니다. 홍대용은 시대의 매뉴얼대로 산 사람이 아닙니다. 그는 시대의 매뉴얼을 바꾸고자 했고 시대의 중심을 바꾸고자 한 사람입니다. 시대와 화和하되 동同하지 않은 사람입니다.

중심에 대한 의심은 당나라의 임제 의현義玄 선사의 《임제록臨濟錄》에도 나옵니다. '수처작주隨處作主 입처개진立處皆眞'이 그것입니다. '자기가 머문 곳의 주인이 되라. 그리하면 거기가 진리다.' 이렇게 보면 중심은 절대적 개념일 수가 없습니다. 중심 자체가 있는 것인지도 의문입니다. 누구나 중심이 될 수 있고 또 누구나 이미 중심입니다. 홍대용도 임제도 그리고 신영복도 한결같이 중심이 하나가 아님을 주장합니다. 이렇게 보면 중심은 없거나 아주 많을 수 있고 모두가 중심이라는 결론이 가능합니다.

중심의 절대성을 강조하는 사람들은 있습니다. 그들은 중심 논리를 통해 자신을 중심에 세우고 나머지를 주변에 두려 합니다. 중심이 주변을 지배하는 권력 구조를 시스템화하는 것입니다. 신영복은 신자유주의 논리를 지배의 논리로 규정합니다. 보다 강력한 자본을 보유한 기업과 국가 중심으로 세계가 유지 운영되고 있음을 비판한 것입니다. 이러한 문제는 비단 경제 분야만의 일이 아닙니다. 문화 분야에도 중심과 주변의 지배 논리는 광범위하게 드러납니다. 앞서 언급한 피에르 부르디외의 '구별 짓기 욕망'은 중심 논리가 일상화된 우리의 민낯이기도 합니다. '구별 짓기' 혹은 '차별화 욕구'는 우월한 나와 열등한 너를 구별하는 방식이자 나의 우월성을 유지하기 위한 방법입니다. 부르디외는 이를 가리켜 '문화 자본'이라고 했습니다. 문화 자본은 특정 문화를 향유할 수 있는 자와 그렇지 못한 자로 차별하여 사람들의 우월감과 열등감을 부추기는 교묘한 지배 논리입니다.

왜 중간은 없는가

중심의 논리는 세계를 이분화합니다. 어떻게든 경계를 나누고 분리하려 하고 그렇게 만들어버립니다. 분리되지 않거나 나눠지지 않으면 이상한 것으로 치부하고 배제시킵니다. 중심에 흡수되거나 적이 되거나 오직 극단만 있습니다. 그러나 어떻게 세계가 둘로만 나뉠 수 있겠습니까. 그처럼 신기한 일이 가능하겠습니까. 어디든 무엇에든 중간은 있고 그 중간은 하나가 아니며 무수히 존재합니다. 이 중간이 있어서 극단으로 치우치는 것을 예방할 수 있습니다. 중심의 논리는 이 중간을 생략해버립니다. 중간을 회색 지대로 몰아넣습니다. 그리고 공격합니다. '나 아니면 적을 선택하라.' 교묘한 지배 논리입니다. 이만한 피아 식별법이 또 있을지 모르겠습니다. 흰색과 검은색 사이에 어떤 색도 없다는 논리, 검거나 희지 않으면 모두 회색이라는 논리, 생각할수록 교묘한 지배 논리입니다.

이분법적으로 세계를 나누는 것이 중심의 논리입니다. 세계를 두 개로 나누어놓으면 피아 식별이 용이해집니다. 공격 대상이 선명해지는 것이지요. 세상에는 적 아니면 아군 밖에 없으니까요. 중간이 사라진 세계는 위험합니다. 중간은 다양하고 많으며 어느 쪽으로도 잘 분류될 수 없습니다. 그래서 한 사회의 건강함을 측정하는 기준일 수 있습니다.

결국 우리는 다양성에 주목하게 됩니다. '상호 다양성과 차이를 존중하는 통일通一'을 강조했던 신영복의 혜안으로 들어가게 됩니다. 다양성은 화동 담론의 화和에 해당하며 이는 서로 다른 것과의 조화를 의미합니다. 반면 획일성은 동同의 논리입니다. 동同은 우월한 내가 열등한 너를 흡수하는 것이 정당하다는 논리입니다. 그런 까닭에 신영복은 동同을 패권적 우월주의라고 비판하고, 상호 존중과 공존이라는 가치에 부합하는 화和의 논리를 지지합니다.

그렇다면 다양성은 인간 사회에만 필요한 것일까요? 극단만 존재하고 극단의 균형을 잡아줄 중간이 없었던 대표적 사례는 아일랜드 감자 사건이 아닐까 싶습니다. 1845년부터 5년 간 아일랜드에는 대기근이 발생합니다. 아일랜드만이 아니라 유럽 전역에서 발생했지만 유독 아일랜드의 피해가 참혹했습니다. 전체 인구 8백만 명 가운데 1백만 명이 기아와 질병으로 죽었고 또 1백만 명이 넘는 사람들이 조국을 탈출하여 해외로 이주하게 됩니다. 그 여파로 지금 아일랜드 인구는 500만 명이 되지 않습니다. 대기근이 아일랜드에 유독 혹독했던 원인은 두 가지로 볼 수 있습니다. 첫째, 영국의 식민지로 인한 가혹한 수탈이고 둘째, 단일 품종 대량 재배가 그 원인이었습니다.

당시 아일앤드는 영국의 식민 지배를 받는 상태였는데, 대기근이 들어도 영국은 원조는커녕 수탈을 멈추지 않았습니다. 미국의 작가 수전 캠벨 바톨레티Susan Campbell Bartoletti가 쓴 아일랜드 대기근 이야기인《검은 감자Black potatoes》에 따르면 아일랜드 들판에는 곡식이 가득했습니다. 밀, 귀리, 보리, 호밀 등 충분한 식량이 자라고 있었습니다. 그런데 그 풍부한 곡식들은 아일랜드 일반 시민들을 위한 것이 아니었습니다. 영국인 지주와 농민 것이었습니다. 결국 아일랜드에 곡식이 없어 수백만이 죽거나 조국을 떠났던 것이 아님을 알 수 있습니다. 19세기 가장 참혹한 기아 문제의 원인은 지배 논리, 즉 중심 논리가 자리하고 있습니다. 아무리 식민 지배라 하더라도 굶어 죽어가는 인간 앞에서 수탈만 지속한 영국의 태도는 용서받을 수 없는 범죄입니다.

또 하나, 아일랜드인들의 감자 사랑에서도 원인을 찾을 수 있습니다. 미국의 생태학자 롭 던Rob Dunn의《바나나 제국의 몰락Never Out of Season》을 보면, 대기근 전까지만 해도 감자는 아일랜드의 축복이었습니다. 성인이 하루 50~80개를 먹을 만큼 감자 사랑은 대단한 것이었습니다. 영국인 지주와 농민들에게 세금을 내고 나면 아무것도 남는 게 없었던 아일랜드인들은 단위 면적당 수확량이 가장 많은 감자 재배를 통해 식량문제를 해결하였습니다. 감자는 악명 높은 세금을 해결하는 데도 그리고 식량문제를 해결하는 데도 너무나 큰 도움이 되었습니다. 이 시기 인구가 폭발적으로 늘어난 것도 감자 덕분이었습니다. 그런데 그 이면을 들여다보면 감자는 오히려 축복이기보다는 불행의 씨앗이었음을 알 수 있습니다. 아일랜드는 단일 품종 대량생산 방식을 통해 풍요를 누리고 있었습니다. 재배되는 모든 감자가 하나의 품종이라 재배 자체가 수월했고 수확량도 기하급수적으로 늘었습니다. 그러나 다양성이 사라진 감자는 대재앙의 원인이었습니다. 유럽에 감자 역병이 창궐하여 거의 모든 나라가 위기에 처했는데 유독 아일랜드의 피해가 컸던 이유는 단일 품종 대량생산 방식과 주식인 감자에 대한 높은 의존도 때문이었습니다.

우리는 '다양성의 부재 혹은 획일성의 공포'라는 하나의 결론에 도달할 수 있습니다. 영국의 가혹한 식민 수탈을 견디게 했고 풍요를 안겨주었으나 대재앙이 되어버린 아일랜드 감자는 우리에게 묻습니다. 그럼에도 불구하고 화和하지 않고 동同하시겠습니까?

관용에서 유목으로

신영복 사상의 중심 키워드 가운데 하나는 '변화'입니다. 변화는 끝이면서 동시에 시작입니다. 이전 이야기의 종결과 함께 새로운 이야기의 시작, 이것이 곧 변화입니다. 이런 이유로 변화는 위기이자 기회입니다. 변화를 수용하면 창조 영역으로 나아갈 수 있지만, 변화를 거부하면 고립을 피할 수 없습니다. 우리에게는 뼈아픈 역사적 경험이 있습니다. 조선 말 흥선대원군의 쇄국정책鎖國政策입니다. 자기 방어와 보호만 생각한 나머지 새로운 것을 수용하지 못했던 뼈저린 역사입니다. 외부를 적으로 규정하고 내부 결속만 생각했던 오판이 결과적으로 식민지로 전락하는 중요한 원인이 되었습니다. 외부 문물과 문명을 적극 수용하여 변화했다면 조선은 역사의 주변국으로 전락하지 않았을 것입니다.

일반적으로 사람들은 변화에 대해 둔감합니다. 기존 방식이 주는 안정감이나 편리함 때문에 변화 자체에 거부 반응을 보이기도 합니다. 변화보다는 안정이 더 주요한 가치 덕목이 되기도 합니다. 기존 방식은 그 방식이 만들어진 뒤에 태어난 세대에게는 억압일 수 있습니다. 시시각각으로 변하는 사람의 의식을 수렴하는 데 한계가 있기 때문입니다. 그런 면에서 '변화는 창조'라는 신영복의 말은 의미심장합니다. 변화에 대한 긍정이자 변화를 통해 더 나은 세계로 나아갈 수 있다는 전망을 담고 있기 때문입니다. 우리 현실은 신영복의 기대와 다른듯합니다.

낡은 것은 죽어가고 있으나 새로운 것이 아직 탄생하지 못하는 상황은 위기다.

김현우, 《안토니오 그람시》 (살림출판사) 중에서

이탈리아의 사회주의 정치가 그람시Antonio Gramsci의 선언은 현재 우리의 상황 그 자체가 아닌가 합니다. 변화의 가능성을 가졌으나 변화는 하지 못하는 모습 말이지요. 낡은 것이 죽어가고 있다는 것은 변화의 조짐이거나 이미 변화가 시작되었다는 말입니다. 그런데 아직 새로운 것이 탄생하지 않았으므로 낡은 것을 대체할만한 그 무엇이 없습니다. 따라서 지금은 혼란 상태이고 또한 위기입니다.

물리 이론 가운데 '임계점critical point'이 있습니다. 기체와 액체의 구분이 사라지는 압력과 온도를 이르는데, 기체이면서 액체이고 액체이면서 기체인 상태라고 할 수 있습니다. 말하자면 두 물질이 공존하고 있으나 특정 물질은 아직 아닌 상태가 임계상태臨界狀態입니다. 이것은 그람시의 선언과 닮아 있습니다. 다만 그는 이 상황을 위기로 진단했지만, 다른 관점에서 보면 기회이기도 합니다. 변화를 창조로 이해하는 신영복의 논리에 따르면 임계상태는 새로운 기회입니다.

모든 현재는 임계상태입니다. 사람이든 사회든 예외 없습니다. 변화하느냐 그렇지 않느냐 하는 문제는 질문거리가 못됩니다. 변화는 필연이기 때문입니다.

똘레랑스에 멈추어선 안 된다

화和는 신영복의 '여럿이 함께'와 같은 의미입니다. 다른 존재들과의 공존이 바로 화和입니다. 똘레랑스도 여기에 해당한다고 볼 수 있습니다. 차이와 다양성을 존중하는 것은 그 자체로 고귀한 일입니다. 개인이든 사회든 추구할 충분한 가치가 있습니다. 상대를 배척하거나 배타적이지 않은 데다 상대의 어려움을 포용하는 윤리이기 때문입니다. 그런데 신영복은 똘레랑스에 대해 우호적이지 않습니다. 차이와 다양성을 수용하는 관용의 상징 똘레랑스가 오히려 은폐된 패권의 논리라는 것입니다. '은폐된 패권'이라는 말 속에 신영복의 똘레랑스를 꿰뚫는 생각이 함축되어 있습니다. 은폐라는 말은 노출이라는 말과 연관됩니다. 즉, 똘레랑스는 이중성을 갖는 말입니다. 표면적으로는 차이와 다양성의 수용처럼 보이지만 본질적으로는 차별이 존재한다는 것입니다. 그는 '똘레랑스는 나와 다른 존재를 결국 바깥(소외)에 세워둔다'고 비판합니다. 말하자면 관용의 주체와 대상이 확연히 차별되기 때문에 똘레랑스는 관용을 베푸는 자 위주의 가치라는 것입니다. 관용의 주체와 객체로 분리된다는 것은 두 대상 사이에 동등성이 없음을 의미합니다. 따라서 관용을 베푸는 자의 의지와 가치에 따라 관용은 성립할 수도 그렇지 않을 수도 있습니다. 이러한 이유로 신영복은 너와 내가 동등해지지 않고 너를 나의 바깥에 세워두는 행위를 똘레랑스라고 해석한 것입니다.

국철 타고 앉아 가다가
문득 알아들을 수 없는 말이 들려 살피니
아시안 젊은 남녀가 건너편에 앉아 있었다
늦은 봄날 더운 공휴일 오후
나는 잔무 하러 사무실에 나가는 길이었다
저이들이 무엇 하려고
국철을 탔는지 궁금해서 쳐다보면

서로 마주 보며 떠들다가 웃다가 귓속말할 뿐

나를 쳐다보지 않았다

모자 장사가 모자를 팔러 오자

천 원 주고 사서 번갈아 머리에 써 보고

만년필 장사가 만년필을 팔러 오자

천 원 주고 사서 번갈아 손바닥에 써 보는 저이들

문득 나는 천박한 호기심이 발동했다는 생각이 들어서

황급하게 차창 밖으로 고개 돌렸다

국철은 강가를 달리고 너울거리는 수면 위에는

깃털 색깔이 다른 새 여러 마리가 물결을 타고 있었다

나는 아시안 젊은 남녀와 천연하게

동승하지 못하고 있어 낯짝 부끄러웠다

국철은 회사와 공장이 많은 노선을 남겨 두고 있었다

저이들도 일자리로 돌아가는 중이지 않을까

하종오, 〈동승〉

시적 화자는 공휴일 오후 일하러 가는 중입니다. 그가 타고 가는 국철 안에는 아시안 노동자들도 탑승해 있습니다. 시적 화자는 자신과 이들을 분리하고 있습니다. 국철에 함께 타고 있다는 생각을 하지 못한 채 그들을 관찰할 뿐입니다. 시의 중후반부로 갈수록 시적 화자와 아시안 남녀의 심리적 거리가 가까워집니다. 특히 '국철은 회사와 공장이 많은 노선을 남겨 두고 있었다'는 구절에 이르면 시적 화

자나 아시안 남녀는 동등한 관계가 됩니다. 나도 저이들도 회사와 공장으로 갑니다. 이는 공감과 연대의 다른 표현입니다. 시의 전반부에서는 관찰자에 지나지 않았으나 후반부에 이르러 저이들도 나와 다르지 않다는 의식을 보여줍니다. 이는 신영복의 화화和化의 좋은 예입니다. 시적 화자의 의식이 다른 사람들과의 공생과 공존으로 나아간 까닭입니다.

우리의 현실은 녹록하지 않습니다. 2018년 사회적 이슈 가운데 예멘 난민 문제가 있습니다. 청와대 국민 청원까지 이어졌던 이 문제는 대부분 인도적 체류 허가를 받는 것으로 일단락되었습니다. 예멘 난민 신청자 484명 가운데 난민 인정 2명, 인도적 체류 허가 412명, 단순 불인정 56명, 직권 종료 14명이었습니다.

근 1년 동안 우리 사회는 이 문제로 논쟁 중이었습니다. 제주도에 불시착한 예멘 난민을 수용하자는 입장과 반대하는 입장이 첨예하게 대립했습니다. 난민 찬성 집회와 반대 집회가 도심에서 동시에 열리기도 했습니다. 반대론자들의 논거는 대략 세 가지입니다. '첫째, 이슬람교도들을 난민으로 수용할 수 없다. 종교 분쟁의 원인이 될 수 있다. 둘째, 내국인들의 일자리를 빼앗는다. 청년 실업이 심각한 수준인데 예멘 난민들까지 구직자 대열에 합류하게 되면 내국인들의 일자리 구하기가 더욱 어려워진다. 셋째, 난민들 대부분이 청년 남자다. 내국인 여성들이 성폭력에 노출될 수 있다.' 반면 찬성론자들은 우리의 역사적 경험을 중심 논거로 하고 있습니다. '일제강점기 그리고 한국전쟁 상황에서 우리도 난민이었던 역사적 경험이 있다.

또한 인도주의적으로도 수용이 옳다.' 찬성론자들의 주장에서 '착한 사마리아인'을 떠올리지 않을 수 없습니다. 위기에 처한 사람이 구조 요청을 했을 때 우리에게는 외면할 권리가 없습니다. 외면하는 것은 인간 존재를 부정하는 것이기 때문입니다.

예멘 난민을 수용하지 않는 것도 염려되지만 또 한편으로 걱정되는 것이 있습니다. 다양성과 차이의 수용과 관용에 머무를지 모른다는 걱정입니다. 이는 신영복이 극복해야 할 대상으로 꼽는 이른바 똘레랑스입니다. 그는 똘레랑스에 멈추면 창조적 변화에 이를 수 없음을 강조합니다. 예멘 난민을 수용하기만 하고 그들에게 인간으로 살아갈 지위를 주지 않는다면 우리는 똘레랑스를 실천했다는 자기만족에 빠질 우려가 있습니다.

> 조르조 아감벤Giorgio Agamben의 '호모 사케르Homo Sacer'라는 개념이 있습니다. '호모 사케르'는 '벌거벗은 생명'이란 뜻으로 주권 권력이 죽여도 죄가 안 되는, 정치 외적 존재입니다. 제물입니다. 2차대전 당시 아우슈비츠의 유대인이 그 전형이었습니다. 2차대전 이후 호모 사케르는 고대사회의 제물이라는 역사적 개념이 됩니다. 그러나 후기 근대가 되면서 호모 사케르는 다시 되살아나고 있습니다.
>
> 신영복,《담론》의 〈상품과 자본〉 중에서

이탈리아의 철학자 조르조 아감벤이 개념화한 '호모 사케르'는 원래 고대 로마의 죄인을 지칭한 것이었습니다. 호모 사케르는 일반적 죄인이 아니라 사회로부터 배제되는 형벌을 받은 죄인을 이릅니다. 신체적으로는 단죄하지 않지만 로마 시민으로서의 모든 법적 권리를 박탈시키는 형벌입니다. 그들은 아무런 권리 없이 그저 살아만 있을 뿐입니다. 혹시라도 누군가가 그들을 살해한다고 하더라도 처벌받지 않습니다. 그들은 이미 법적으로 존재하지 않기 때문입니다. 아감벤은 호모 사케르를 '벌거벗은 생명'으로 묘사했습니다. 벌거벗음이란 모든 사회적 정치적 권리를 박탈당했다는 것을 의미합니다. 살아 있지만 사회적 인간으로 할 수 있는 일이 아무것도 없는 존재가 호모 사케르입니다. 신영복은 오늘날 이 호모 사케르가 되살아나고 있음에 주목합니다. 인격을 가졌지만 인격적 존재로 인정되지 않는 호모 사케르, 어쩌면 난민을 이르는 또 다른 이름일지 모르겠습니다.

우리 사회가 예멘 난민을 수용할 때는 반드시 그들의 인간으로서의 지위도 함께 고려해야 합니다. 신영복이 강조하듯 똘레랑스 수준에서 멈추지 말고 그 이상으로 나아가야 합니다. 우리는 같은 생명의 무게를 가진 존재일 수 있습니다. 포함만 시키고 배제해버리는 야만성에서 벗어나 공존 가능한 사회를 만들 수 있습니다.

유목은 창조의 다른 이름

똘레랑스에도 이르지 못했는데 탈주까지 가능할까요? 신영복의 〈똘레랑스에서 노마디즘으로〉를 읽는 사람이라면 누구나 이 생각에 오래 머물게 됩니다. 우리 사회는 차이와 다양성을 포용하는 데도 아직 미숙합니다. 앞으로도 여전히 이 문제를 숙제처럼 끌어안고 살지 모릅니다. 너무 오랜 세월 단일민족 패러다임에 갇혀 있었기 때문입니다. 그런 까닭에 이러저러한 소수자에 대한 차별도 생각보다 그 강도가 높습니다. 노마디즘이 너무 멀어 보이는 이유입니다.

노마디즘의 '노마드nomad'는 그리스어 'nomos'에서 유래한 '유목민, 유랑자'를 뜻합니다. 들뢰즈가 그의 저서《차이와 반복Difference et Repetition》에서 처음 사용한 개념으로 그 특징은 다음과 같습니다. '첫째, 특정한 가치와 삶의 방식에 얽매이지 않는다. 둘째, 끊임없이 자기를 부정하면서 새로운 자아를 찾아간다.' 그러므로 노마디즘은 단순한 떠돎을 의미하지 않습니다. 유목민처럼 공간을 자유로이 이동하되 버려진 불모지를 새로운 삶으로 바꿔가는 사유의 유목을 의미합니다. 우리나라에서는 철학자 이진경이 그의 책《노마디즘》에서 들뢰즈의 철학을 소개하면서 일반화된 말입니다.

유목민의 삶은 유랑이 전제되어 있습니다. 그들은 한곳에 뿌리내려 정착하지 않습니다. 계절과 시간에 따라 그들은 경계와 경계를 넘나듭니다. 그러므로 한곳 혹은 한 가지에 갇히지 않습니다. 이러한 삶의 방식을 철학화한 것이 들뢰즈입니다. 노마드는 들뢰즈에 이르러 공간적인 의미에서 개념적 의미로 자리 잡게 됩니다. 한곳에서 특정한 가치와 삶의 방식에 구속되지 않고 끊임없이 자신을 바꾸어가는 창조적인 행위를 뜻하게 됩니다. 그렇기 때문에 노마디즘에는 기존의 가치와 삶의 방식을 부정하고 새로운 것을 창조한다는 의미가 포함된 것입니다.

신영복 또한 어떤 것에도 갇힘이 없는 상태로서의 노마디즘을 강조합니다. 하나만을 인정하는 사회가 아니라 각 개인의 가치관이 그대로 인정되는 사회로 나아가길 소망하고 있습니다. 책과 강연에서 특별히 칭기즈칸을 예로 드는 이유도 그런 까닭이 아닐까 싶습니다. 칭기즈칸은 인류 최초로 아시아와 유럽을 정복한 전쟁 영웅입니다. 그는 정복한 영토에 성을 쌓고 스스로를 가두지 않았습니다. 정착하는 방법 대신 더 넓은 세계로 끝없이 이동하는 유목주의를 실현하였습니다. '성을 쌓는 자는 망할 것이고 길을 나서는 자는 흥할 것이다.' 그의 말은 곧 그의 삶이었습니다.

이처럼 신영복 사상의 주요 키워드는 '끊임없는 변화'입니다. 성을 쌓는 것은 한곳에 머무는 것이며 이는 곧 한 가지 가치를 절대화하는 패권의 중심 논리입니다. 반면 길을 나선다는 것은 어디에도 얽매이지 않은 채 변화의 세계를 지향한다는 것입니다. 즉, 신영복은 변화를 통해 화和가 화化로 이어져 창조의 세계로 나아갈 수 있는 사회를 강조하고 있습니다. 현재에 머물거나 고정되어 갇히지 않으려면 변화를 수용하되 수용에서 머물지 않고 탈주로 나아가자는 그의 논리에서 우리는 자유의 힘을 읽습니다. '우리의 최후의 그리고 최고의 선택은 화화和化 패러다임이다.'에서 얽매이지 않은 영혼을 읽습니다. 나와 남을 흡수하거나 통합하지 않고 각 개체가 존중받는 사회의 꿈을 읽습니다.

6

공부

살아 있는 모든 생명의
존재 형식

工
夫

공부는 머리로 하는 것이 아니라 가슴으로 하는 것입니다.
그것은 사고의 문제가 아니라 품성의 문제입니다.

신영복, 《담론》의 〈방랑하는 예술가〉 중에서

진짜 공부

공부, 우리가 가장 흔하게 하는 말입니다. 서로에게 숨 쉴 틈 없이 자주 하는 말이기도 합니다. 마치 공기나 물처럼 생존의 필수 성분 같습니다. 그런데 공부를 대하는 태도는 조금 위험해 보입니다. 높은 벼랑 위의 공부라는 외줄에 매달린 것처럼 우리는 매일 공부와 사투 중입니다. 학교 현장의 우리 아이들은 잠자는 시간을 제외하면 거의 모든 시간 동안 공부 중이거나 공부를 위해 이동 중입니다. 우정도, 사랑도, 꿈도, 참여와 연대도 모두 공부의 뒷전입니다. 우리 아이들의 이런 현실은 나날이 악화되고 있는데 아이들에게 '자신과 이웃과 세계를 성찰해보라, 그것이 진짜 공부다' 이렇게 말해야 하는 현실이 참 야속합니다.

그런 까닭에 신영복의 '공부 철학'을 귀담아 듣게 됩니다. 우리를 욕망에 다닥다닥 매달게 하는 공부가 아니라 '진짜 공부'에 관심을 가지게 됩니다. 그의 공부는 대학 진학을 위한 도구로서의 공부가 아닙니다. 출세를 위한 사다리도 아닙니다. 그의 공부는 '생존의 근거'입니다. 나를 인식하고 세계를 인식하는 최선의 방법으로서의 공부입니다. 더 나아가 '살아 있는 모든 생명의 존재 형식'입니다.

신영복 사상의 가장 중요한 위치에 '공부'가 놓여 있습니다. 그가 강조하는 더불어 사는 삶, 여럿이 함께 사는 삶 그리고 변화와 창조, 공감과 공존 등 그의 사상의 모든 연결선이 공부입니다. 공부 없이 공감도 공존도 불가능하며 변화와 창조도 불가능합니다. 여럿이 함께 살기 위해 우리는 서로에 대해 그리고 우리 세계에 대해 공부해야 합니다.

자기 성찰로서의 공부

공부를 잘하는 사람이 참 많습니다. 전국에 2300여 고등학교가 있으니, 전교 1등만 손꼽아 보아도 2300명 이상입니다. 각고의 노력으로 1등을 성취한 그들의 노력은 숭고한 것입니다. 함께 생각해볼 것은, 공부의 양적 성장과 삶의 만족도가 일치하는지 여부입니다. 보건복지부 자료에 따르면, 우리나라 청소년의 공부 시간은 하루 8시간쯤 됩니다. 영국에 비하면 두 배가 넘고 교육 선진국인 핀란드에 비하면 2시간 정도 많습니다. 이 자료는 자발적으로 공부를 더 하는 경우는 배제되어 있습니다. 즉, 학원이나 과외뿐만 아니라 스스로 하는 공부도 배제되어 있으므로 이들까지 산정하면 한국 학생들의 공부량은 이 자료를 훨씬 상회할 것입니다.

우리나라 청소년들은 과도한 공부량으로 인해 학업 스트레스가 높고 이에 따라 삶의 만족도 또한 OECD 평균보다 낮습니다. 바꾸어 말하면 삶의 질이 낮은 원인이 지나친 공부량에 있다는 뜻입니다. 이러한 악순환을 끊으려면 공부량을 조절하여 학업 스트레스를 낮추어야 합니다. 물론 아이들에게 공부를 적게 하라거나 적게 해도 된다고 말하기 어려운 현실을 모르지 않습니다. 공부가 곧 성공의 척도가 되는 사회에서 공부량을 줄이라 어떻게 요구할 수 있겠습니까. 그럼에도 아이들에게 자신의 삶을 성찰하고 인간관계를 넓혀가는 시간을 만들어주어야 합니다. 공동체에 대한 관심과 애정을 가질 수 있는 기회를 주어야 합니다. 그러한 여백을 만들어주지 않은 채 아이들의 삶의 만족도를 개탄할 수는 없습니다.

> 공부는 살아가는 것 그 자체입니다. 우리는 살아가기 위해서 공부해야 합니다. 세계는 내가 살아가는 터전이고 나 또한 세계 속의 존재이기 때문입니다. 공부란 세계와 나 자신에 대한 공부입니다. 자연, 사회, 역사를 알아야 하고 나 자신을 알아야 합니다. 공부란 인간과 세계에 대한 올바른 인식을 키우는 것입니다. 세계 인식과 자기 성찰이 공부입니다.
>
> 신영복, 《담론》의 〈가장 먼 여행〉 중에서

신영복의 관점에서 보면 우리 사회가 간과하고 있는 것은 '세계 인식과 자기 성찰'로서의 공부입니다. 성공과 출세를 위한 공부 시간은 많고 넘치지만 세계에 대한 인식과 나 자신에 대한 성찰로서의 공부에는 인색하고 미숙합니다.

> 평원을 달리는 아메리칸 인디언들은 한동안 달린 다음에는 말을 멈추고 달려온 길을 되돌아보며 기다립니다. 영혼을 기다립니다. 미처 따라오지 못한 영혼을 기다리는 것이라 합니

다. 질주는 영혼을 두고 달려가는 것입니다. 영혼을 빠뜨리고
달리고 있는 우리 자신을 되돌아보게 합니다.

신영복, 〈신영복의 그림 사색 – 기다림〉, 《한겨레》, 2012년 5월 11일자

아메리칸 인디언의 모습은 우리에게 깊은 울림을 줍니다. 초원
을 힘껏 달리던 그들이 잠시 멈출 수 있다는 점도 그러하지만 멈추는
이유가 더 그러합니다. 신영복도 이 점에 주목하고 있습니다. 급히
달리면 영혼이 미처 따라오지 못할 수 있다는 그들의 성찰적 지혜에
탄복하는 것입니다. 그러면서 신영복은 공부를 영혼과 함께 가는 것
임을 강조합니다.

문화비평가이자 철학자 한병철은 그의 저서《피로사회Müdigkeit
Gesellschaft》에서 20세기 이후 사회를 '피로사회'로 규정하고 있습니
다. 이전 사회가 '~을 해서는 안 된다'를 통해 인간을 피로하게 했다
면 이후 사회는 '나는 ~을 할 수 있다'는 자기 긍정과 희망을 통해 자
신을 피로하게 만드는 사회라고 해석합니다. 자기 긍정이라고 하니
까 그럴듯해 보이지만 실은 성공을 위한 무한 경쟁과 과잉 노동을 허
용하여 자신을 끊임없이 괴롭힌다는 의미입니다. 이러한 사회의 개
인들은 성공을 위하여 성과에 매달리게 되고 매일 더 큰 성과를 올리
려고 자신을 잠시도 그냥 내버려두지 않게 됩니다. 사는 모든 시간
동안 자신을 피로하게 만든다는 것입니다. 우리는 이를 '희망 고문'
이라고 부릅니다. 내일은 더 나아질 것이라는 희망으로 오늘 내가 누
려야 할 사색이며 산책이며 휴식 같은 것들을 모조리 생략한 채 오직

공부에만 몰두하는 '희망 고문'은 현병철의 '피로사회'와 너무도 닮아 있습니다.

공부 과잉의 우리 학생들에게 지금 필요한 것은 사색적 삶이며 또한 영감을 얻을 수 있는 휴식입니다. 성공에 대한 집착과 강박이 아니라 자신의 삶을 성찰할 수 있는 기회를 보장받는 일입니다. 따라서 이 대목에서 우리는 신영복의 '진짜 공부'를 되새길 필요가 있습니다. 우리 아이들에게 지식 습득만 하는 반편이가 되지 않도록 하기 위해서입니다. 자기 영혼을 지킬 수 있는 건강한 사람 그리고 자기를 성찰하고 세계를 인식하는 사람으로 성장할 수 있도록 하기 위해서입니다.

옛날에는 공부를 구도라고 했습니다. 그리고 구도에는 반드시 고행이 전제됩니다. 그 고행의 총화가 공부입니다. 공부는 고생 그 자체입니다. 고생하면 세상을 잘 알게 됩니다. 철도 듭니다. 이처럼 고행이 공부가 되기도 하고, 방황과 고뇌가 성찰과 각성이 되기도 합니다. 공부 아닌 것이 없고 공부하지 않는 생명은 없습니다. 달팽이도 공부합니다. 지난여름 폭풍 속에서 세찬 비바람 견디며 열심히 세계를 인식하고 자신을 깨달았을 것입니다. 공부는 모든 살아 있는 생명의 존재 형식입니다.

신영복,《담론》의 〈가장 먼 여행〉 중에서

'구도求道'란 진리나 종교적인 깨달음을 구하는 행위입니다. 공부가 구도라면 공부의 목적이 입신양명의 출세에 있는 것이 아니라 진리에 이르거나 깨달음에 이르는 데 있다는 뜻이 됩니다. 진리에 대한 깨달음, 종교적 깨달음은 일생을 걸고 하는 경건한 행위입니다. 신영복은 공부 또한 일생을 걸고 하는 생명의 존재 형식이라고 말합니다. 삶이 지속되는 한 공부 또한 지속되는 것입니다.

신영복이 말하는 공부와 학생들의 공부에는 비교적 큰 거리가 있습니다. 학생들의 공부는 대학 진학과 취업의 수단인 반면 신영복의 공부는 삶 자체이자 진리와 깨달음을 위한 과정입니다. 같은 공부를 말하지만 서로 다른 공부입니다. 현실은 생각보다 냉혹하고 생존 경쟁 또한 치열합니다. 이런 사회에서 살아남기 위해 공부를 수단화하는 것을 나무랄 수 없습니다. 그럼에도 신영복의 '생명의 존재 형식으로서의 공부'를 생각하지 않을 수 없습니다.

현실이 냉혹해질수록 우리는 근본으로 돌아가야 합니다. 공부는 왜 하는지, 공부를 통해서 이루고자 하는 가치가 무엇인지 성찰할 필요가 있습니다. 그래야 자신의 삶의 이유를 알 수 있습니다. 신영복은 "내가 살아가는 이유는 하루하루의 깨달음과 공부였다."고 말합니다. 공부가 생존은 물론 존재의 이유였다는 것입니다. 그의 말은 우리를 공부 앞에 데려다 놓습니다. 그리고 자기의 존재 이유를 마주하게 합니다. 공부하지 않는 삶의 무의미성을 생각하게 합니다. 존재의 근거가 공부라는 신영복의 이러한 생각은 그래서 신성하기까지 합니다. 그는 말합니다. "자기 이유를 갖고 있는 사람은 행복하다. 왜냐하면 '자기 이유'를 줄이면 '자유'가 되기 때문이다." 그래서 그는 반 에덴Frederik Willem van Eeden의 동화 《어린 요한De Kleine Johannes》의 '버섯 이야기'를 통해 누구나 '자기 이유'를 갖기를 권합니다. 신영복의 '자기 이유'는 공부였습니다. 공부가 곧 자유였습니다.

> 네덜란드의 의사이며 작가인 반 에덴의 동화 《어린 요한》의 버섯 이야기입니다. 아버지가 어린 아들을 데리고 산책을 나갑니다. 산책로 길섶에 버섯 군락지가 있었습니다. 아버지는 그 버섯 중의 하나를 지팡이로 가리키면서 '애야, 이건 독버섯이야!'하고 가르쳐줍니다. 독버섯이라고 지목된 버섯이 충격을 받고 쓰러집니다. 옆에 있던 친구가 그를 위로합니다. 그가 베푼 친절과 우정을 들어 절대로 독버섯이 아님을 역설합니다. 그러나 그에게 위로가 되지 못합니다. 정확하게 자기를 지목하여 독버섯이라고 했다는 것이었습니다. 위로하다 위로하다 최후로 친구가 하는 말이 '그건 사람들이 하는 말이야!'였습니다. 아마 이 말이 동화의 마지막 구절이라고 기억됩니다. 내가 여러분에게 하고 싶은 말이 바로 이것입니다. '독버섯'은 사람들의 '식탁의 논리'입니다. 버섯을 식용으로 하는 사람들의 논리입니다. 버섯은 모름지기 '버섯의 이유'로 판단해야 합니다.
>
> *신영복, 《담론》의 〈희망의 언어 석과불식〉 중에서*

신영복은 '독버섯'이란 말을 의심합니다. '독버섯은 없다'고 보는 것입니다. 버섯을 식용으로 하는 사람들의 식탁 논리가 만들어낸 결과라는 것입니다. 버섯은 사람의 이익에 근거해서 판단할 것이 아니라 버섯의 이유로 판단해야 함을 강조합니다. 즉, 살아 있는 모든 것에는 자기 이유가 있으며 사람 또한 그러하다는 논리입니다. 이는 교육가이자 철학자 윤구병의 《잡초는 없다》와 같은 논리입니다. 그에 따르면 세상에는 두 종류의 풀이 있는데, 하나는 잡초이고 다른 하나는 잡초가 아닌 풀입니다. 잡초가 아닌 풀은 인간에게 유익한 반면, 잡초는 인간에게 유해하거나 무익한 풀입니다. 그는 이를 인간 중심의 명명이라고 비판합니다. 말하자면 신영복이 말하는 독버섯의 이유가 사람의 식탁인 것처럼 잡초의 이유는 인간의 이기심입니다. 이는 버섯에 대한 왜곡이고 풀에 대한 왜곡입니다. 버섯은 버섯이라는 존재의 이유로. 잡초는 잡초의 존재 이유로 판단해야 합니다.

신영복은 '자기 이유'를 공부라고 했습니다. 자기의 존재 이유가 공부라는 신영복의 말에는 자기 성찰과 세계 인식이 전제되어 있습니다. 공부에 대한 자기 확신이 없다면 이러한 말을 할 수가 없습니다. 공부를 생존의 근거이자 생명의 존재 형식이라고 한 것도 따지고 보면 선생 자신의 자기 공부의 결과로 선언한 것입니다. 우리는 매일 새로운 날을 살고 있습니다. 어제의 내일을 사는 것이 아니라 오늘이라는 전혀 새롭고 낯선 시간을 살고 있습니다. 그런 까닭에 우리는 매일매일 공부해야 합니다. 세상은 알면 알수록 새로운 것들의 집합이기 때문입니다.

아우슈비츠에 대한 최고의 증언자로 평가받는 프리모 레비는 《가라앉은 자와 구조된 자》에서 이야기합니다. 아우슈비츠를 운영하고 범죄에 가담한 사람들이 보통 사람이었다는 사실에 절망합니다. 그것이 일부 괴물들에 의해서 자행된 것이었다면 얼마나 다행한 것일까 하는 것이지요. 여러분과 나누고 싶은 이야기의 요점은 위선과 위악의 베일을 걷어내는 공부를 해야 한다는 것입니다. 그 점에서 우리들은 실패하고 있습니다. 화려한 무대와 의상, 오디오와 비디오의 현란한 조명, 그리고 수많은 언설들이 만들어내는 환상 속에서 우리가 그 실체를 직시하기란 불가능에 가깝습니다. 그러나 실패의 더 큰 원인은 이러한 장치가 아니라 우리들의 인간 이해의 천박함에 있습니다. 인간에 대한 애증을 고르게 키워가는, 그야말로 인간적인 노력이 부족함을 탓해야 할지 모릅니다. 공부는 우리의 동공을 외부로 향하여 여는 세계화가 아니라 우리의 내면을 향하여 심화하는 인간화가 아닐 수 없습니다.

신영복,《담론》의 〈위악과 위선〉 중에서

아우슈비츠의 비극은 인류에게 남겨진 뼈아픈 과제입니다. 악마가 저지른 일이 아니라 평범한 보통 사람이 저지른 범죄라는 사실은 우리를 더욱 고통스럽게 만듭니다. 어느 누구라도 위선과 위악적 존재가 될 수 있기 때문입니다. 이러한 주장은 프리모 레비 이전에 이미 독일의 정치철학자 한나 아렌트Hannah Arendt가 그의 저서《예루살렘의 아이히만Eichmann in Jerusalem》에서 '악의 평범성'이라고 명명하였습니다. 악은 태어나는 것이 아니라 만들어진다는 데 두 사람 공히 동의하고 있습니다. 신영복의 공부는 이 위선과 위악의 베일을 걷어내는 일입니다. 그래서 그의 공부는 진실을 향합니다. 인간에 대한 이해를 넘어서서 진실의 여정에 나서는 것이 그의 공부입니다. '우리의 내면을 인간화하는 것'이 그의 공부입니다.

실천과 변화로서의 공부

> 공부는 세계 인식과 인간에 대한 성찰로 끝나는 것이 아닙니다. 삶이 공부이고 공부가 삶이라고 하는 까닭은 그것이 실천이고 변화이기 때문입니다. 공부는 세계를 변화시키고 자기를 변화시키는 것입니다.
>
> 신영복, 《담론》의 〈가장 먼 여행〉 중에서

'변화'는 신영복 사상의 핵심 키워드입니다. 신영복은 변화에서 창조를 읽습니다. 퇴행적 변화가 아니라 창조적 변화를 읽습니다. 그에게 변화는 창조와 동음이의어고 공부는 변화와 창조의 동력입니다. 공부라는 말이 신영복을 거치면 동사의 의미가 강해지는 이유입니다. 그만큼 실천성이 강해집니다. 공부에는 먼저 지식 습득 행위가 포함되어 있고 그 다음 지식 활용 및 적용 행위가 포함되어 있습니다. 이를 통해 문제 해결이라는 실천적 행위를 드러내는 단어가 공부입니다. 신영복은 공부를 머리가 아니라 가슴으로 하는 것이며 나아가 발에 이르는 것이라고 말했습니다. '공부의 궁극은 실천'이며 이는 곧 변화와 창조로 연결됩니다.

실천을 위해서 먼저 선행되어야 할 것이 있는데, 그것이 바로 세계 인식입니다. 무엇이 왜 문제인지 알아야 변화를 시도하든 창조로 나아가든 할 수 있습니다. 이 때문에 신영복은 '고전 공부'를 제안합니다. 고전이란 교양이 아니며 인류의 지적 유산이므로 이를 바탕으로 미래를 만들어갈 수 있다고 말합니다. 고전 지식 습득을 말하지 않습니다. 고전을 통해 텍스트 자체를 뛰어넘고 자신을 뛰어넘는 '탈문맥'으로 나아가길 권합니다.

그러므로《논어》의 〈술이〉편에 나오는 '술이부작述而不作'과 같은 태도를 경계합니다. '고전을 서술만 하고 창작하지 않는 삶', 즉 옛 성인들의 말을 받아 적기만 하고 자기 삶으로 만들어가지 않음을 비판합니다. 기존의 매뉴얼대로만 사는 사람을 비판하는 것입니다. 이 말을 통해 신영복은 고전의 의미를 재강조합니다. '고전이란 흘러간 물이 아니다. 고전 속에는 현재와 미래가 들어 있다. 그러므로 고전은 오래된 미래다.' 이는 고전대로 살자는 말이 아닙니다. 고전을 오늘에 맞게 재구성하자는 말입니다. 고전의 재구성은 신영복의 '탈문맥'과 연결되어 있습니다.

'탈'은 극복과 초월의 의미를 가집니다. '문맥'은 당대의 지배적 질서, 가치를 이릅니다. '탈문맥'은 자기가 소속된 사회의 지배적 가치를 뛰어넘음을 이르는 말입니다. 쉬울 리 없습니다. 사람은 누구나 자기의 시대를 삽니다. 시대라는 한계 속에 살아갑니다. 신영복 또한 '사람들의 정서는 그 시대를 뛰어넘기 어렵다'고 말합니다. 그러나 당대의 가치에 갇혀서 살자고 주장하지 않습니다. 그런 허무적인 태도보다는 당대의 문맥을 넘어서자고 주장합니다. 그래야 창조와 변화가 가능하기 때문입니다.

> 공부의 시작은 머리에서 가슴으로 가는 것입니다. …… 우리가 일생 동안 하는 여행 중에서 가장 먼 여행은 '머리에서 가슴까지의 여행'이라고 합니다. 이것은 낡은 생각을 깨뜨리는 것입니다. 오래된 인식틀을 바꾸는 탈문맥입니다. 그래서 니체는 '철학은 망치로 한다'고 했습니다. 우리가 갇혀 있는 완고한 인식틀을 깨뜨리는 것이 공부라는 뜻입니다.
>
> 신영복,《담론》의 〈가장 먼 여행〉 중에서

오늘날은 자본주의 사회입니다. 우리들의 모든 일상은 자본주의적 가치에 맞춰 진행됩니다. 출퇴근은 물론 식사까지도, 더러는 잠자고 일어나는 것까지도 우리는 자본주의가 요구하는 패턴대로 살아갑니다. 엇비슷한 시간에 엇비슷한 행동을 하며 살아갑니다. 혹여 이러한 패턴에서 벗어나면 비합리적이라는 비판으로부터 자유로울 수 없습니다. 자본주의는 합리성에 기반을 두어서 운영되는 체제이므로 우리는 이 체제 안에서 언제나 합리적인 판단과 합리적 생활을 지속해야 합니다.

그런데 자본주의의 역사는 생각보다 깊지 않습니다. 산업혁명이 시작된 시점으로 어림잡아도 채 400년이 되지 않습니다. 그러함에도 우리는, 우리의 삶은 자본주의에 온전히 물들어 자본주의적으로 사유하고 생활하고 있습니다. 그것이 당연한 진리인 양 말이지요.

자본주의를 지탱하고 작동시키고 증식시키는 가장 대표적인 가치는 합리성입니다. 자본주의 합리성은 이익과 손실 가운데 이익을 선호하고 손실을 꺼리는 것을 말합니다. 가치 판단의 기본이 이익입니다. 물론 이때의 이익이란 경제적 이익입니다. 영화를 보고도 돈이 아깝다거나 친구와 수다를 떨다 돌아오는 길에도 시간이 아깝다거나 하는 의식은 모두 자본주의 합리성에 근거한 사고입니다. 이뿐만 아니라 한 사람을 평가하는 데 그의 연봉과 소유를 근거로 하는 것 또한 합리성에 따른 판단입니다.

신영복은 강조합니다. '우리가 갇혀 있는 이러한 완고한 인식의 틀을 깨뜨리는 것이 공부다.' 니체를 등장시킨 것도 절묘한 전략입니다. 니체는 중세까지의 서양철학을 깨부순 장본인이기 때문입니다. 니체 이전까지만 해도 서양철학은 플라톤적 전통에 따라 '이성'에 초점을 맞추어 진행되어 왔습니다. 니체에 이르러 비로소 '감성'을 철학의 영역으로 수용하기에 이릅니다. 말하자면 니체는 자기 이전까지의 이성 중심의 서양철학사를 망치로 깨뜨리고 그 자리에 '감성'이라는 새로운 지평을 올려둔 것입니다. 고대 그리스와 아테네로 이어져온 철학만이 철학이라고 주장하는 현실을 망치로 내려친 니체를 등장시켜 신영복이 하고자 하는 말은 '완고한 인식의 틀을 깨자'는 것입니다. 이것이 '탈문맥'이고 장자의 '탈정'이며 곧 자유입니다.

꽃게가 간장 속에
반쯤 몸을 담그고 엎드려 있다
등판에 간장이 울컥울컥 쏟아질 때
꽃게는 뱃속의 알을 껴안으려고
꿈틀거리다가 더 낮게
더 바닥 쪽으로 웅크렸으리라
버둥거렸으리라 버둥거리다가
어찌할 수 없어서
살 속으로 스며드는 것을
한때의 어스름을 꽃게는 천천히 받아들였으리라
껍질이 먹먹해지기 전에
가만히 알들에게 말했으리라

저녁이야
불 끄고 잘 시간이야

안도현, 〈스며드는 것〉

서화 에세이집인《처음처럼》에 '관해난수觀海難水'라는 서화가 있습니다. '관해난수'는 '바다를 본 사람은 물을 함부로 말하기 어려

위한다'는 뜻입니다. 맹자의 이야기인데 의역을 하자면 이렇습니다. '큰 것을 깨달은 사람은 아무리 사소한 것이라도 함부로 이야기하기 않는 법이다.' 이러한 그의 의식은 안도현의 시 〈스며드는 것〉에 대한 반응으로 이어집니다. 게장을 먹던 신영복은 이 시를 접하고 난 이후 게장 먹기가 힘들었다고 합니다. 엄마 꽃게의 목소리가 들리는 듯해서 그렇다고 합니다. 우리 또한 신영복과 다르지 않습니다. 알면 행동이 조심스러워집니다. 무의식적으로 행동하지 않게 됩니다. 이 시는 비극으로도 읽힐 수 있고 숙명으로도 읽힐 수 있습니다. 무엇보다 강렬한 울림은 마지막 두 행에 있습니다. '저녁이야 / 불 끄고 잘 시간이야' 불을 끈다는 것 그리고 잠을 잔다는 것은 꽃게가 게장이 되는 순간입니다. 죽음을 의미합니다. 그럼에도 엄마는 '알'들에게 죽음 대신 '잘 시간'이라고 말합니다. 알들에게 두려움을 주지 않으려는 엄마의 배려는 읽는 이의 가슴을 먹먹하게 만듭니다. 이러한 서사를 알게 되면 누군들 게장을 맘껏 먹을 수 있을까요. 신영복도 이 같은 마음이었을 것입니다. 게장이 되어야 하는 꽃게의 삶을 새로이 인식하고 보니 게장을 음식으로만 생각할 수 없었을 것입니다.

새로운 인식은 생각의 영토를 넓혀줍니다. 제한적 대상으로 보였던 사물과 사건을 보다 풍부하게 생각할 수 있게 합니다. 관행대로 하는 삶에 내가 없다면 새로운 인식을 추구하는 삶에는 나의 생각도 나의 삶도 모두 있습니다. 또한 다른 이들의 삶도 있습니다. 그러므로 새로운 인식은 우리를 한 걸음 더 발전시키고 창조의 세계로 나아가게 만들어주는 힘이 있습니다.

우리는 기존 인식으로부터 자유롭지 않습니다. 인식은 하루아침에 형성되는 것이 아니기 때문입니다. 서서히 그리고 느낄 수 없는 속도로 내 안으로 들어와서 어느 순간 나인 것처럼 나를 구성합니다. 스스로 의심하지 않는 한 내 것인지 아닌지 구분할 수 없는 지경으로 우리를 몰고 갑니다.

《한비자》에 '영신탁寧信度 무자신無自信'이라는 말 있다. 그 말은 다음과 같은 상황을 두고 한 것이다. 옛날 정鄭나라에 차치리라는 사람이 있었다. 그는 신발을 사러 시장에 가기 위해 자기의 발을 본 뜬 탁度을 만들었다. 그런데 매번 시장에 갈 때마다 발을 본뜬 탁을 두고 나왔다. 어느 한 날도 차치리는 신발을 사러 시장에 갔으나 탁을 가지고 가는 것을 잊었다. 그리하여 신발 가게에 와서 신발을 손에 들고는 탁을 가지고 오는 것을 깜박 잊었구나 하고 탁을 가지러 집으로 도로 돌아갔다. 탁을 가지고 다시 시장에 왔을 때 장은 이미 파하고 신발을 살 수 없었다. 그 사정을 듣고 사람들이 말했다. '어째서 직접 신발을 발로 신어보지 않았소?' 차치리의 대답이 압권이었다. '탁은 믿을 수 있지만 내 발은 믿을 수 없지요.'

신영복, 《담론》의 〈어제의 토끼를 기다리며〉 중에서

이 이야기를 읽으면서 대부분은 차치리를 어리석다고 말할 것입니다. 누가 보더라도 차치리는 한심하기 짝이 없는 사람입니다. 그런데 우리 중 어느 누가 차치리에게 돌을 던질 수 있을까요?

'탁'은 기존의 관념이고 '발'은 실재입니다. 사람들은 자기가 만들어놓은 관념은 신뢰하면서 자신이라는 실재는 외면하는 경향이 있습니다. 한비자韓非子는 기존 관념에 사로잡혀 살아가는 사람들의 어리석음을 비판하고자 했을 것입니다. 기존의 관념과 인식에 오래 머무르다 보면 마치 그것이 절대 진리인 것처럼 여겨집니다. 새로운 가치나 인식을 배제하게 되고 이전 것에 갇히게 됩니다. 이것을 통념이라고 합니다. 의심 없이 기존의 것만을 절대시하는 이러한 통념은 때때로 무기가 되기도 합니다. 왜냐하면 새로운 것을 받아들이지 못할 뿐만 아니라 이전의 것을 강요하게 되기 때문입니다.

나비는 번데기에다 구멍을 뚫고 나올 채비를 하고 있었다. …… 나는 몸을 굽혀 입김으로 데워 주었다. 열심히 데워 준 덕분에 기적은 일어나야 할 속도보다 빠른 속도로 내 눈앞에서 일어나기 시작했다. 집이 열리면서 나비가 천천히 기어 나오기 시작했다. …… 내 입김은 때가 되기도 전에 나비를 날개가 온통 구겨진 채 집을 나서게 강요한 것이었다. 나비는 필사적으로 몸을 떨었으나 몇 초 뒤 내 손바닥 위에서 죽고 말았다.

니코스 카잔차키스, 《그리스인 조르바》 (이윤기 옮김, 열린책들) 중에서

그리스의 소설가 니코스 카잔차키스가 쓴 《그리스인 조르바》

(이윤기 옮김)의 열 번째 이야기에 등장하는 일화입니다. 나비가 힘들어 하는 것을 보고 입김을 불어준 행위는 나비에 대한 연민입니다. 인간이라면 어려움에 처한 타인을 외면해서는 안 된다는 윤리를 실천한 것이니 그 행위는 칭송받아야 합니다. 그러나 누군가를 돕는 일이 반드시 옳은 것은 아닙니다. 돕기 전에 그의 상황을 면밀히 살펴야 합니다. 돕는 방식도 그에게 도움이 되어야 합니다. 하지만 책 속의 '나'는 새롭게 접근하지 않았습니다. 기존의 논리에 갇혀 결과적으로 나비를 죽음에 이르게 만들었습니다. 통념은 흉기입니다. 따라서 신영복은 말합니다. '공부를 통해 세계를 새롭게 인식하고 나를 성찰하자.'

세계를 인식하고 자기를 성찰했다면 그 다음 단계는 세계를 변화시키는 일입니다. 많은 사람들은 자신이 현대를 살아가고 있다는 생각을 합니다. 이름하여 현대인이라고 생각합니다. 그러나 시대적으로 현대에 살고 있을지라도 의식적으로는 여전히 봉건시대를 사는 사람이 적지 않습니다. 가령, '여자는 이래야 해, 남자는 저래야 해' 이런 식의 사유나 '학생답게 행동해야지, 내가 누구인 줄 알고 그래' 이런 식의 사유는 여전히 우리를 지배하고 있습니다.

변화는 결코 개인을 단위로, 완성된 형태로 나타나는 것은 아니다.

신영복, 《담론》의 〈사일이와 공일이〉 중에서

신영복 사상의 가장 큰 줄기 중 하나는 '변화'입니다. 공부는 이 '변화'를 위해 요구되는 것입니다. '여럿이 함께'를 강조하는 신영복에게 '변화' 또한 개인이 아니라 '함께하는 사람과의 관계' 속에서 발현되는 현상입니다. 그에 따르면 단 한 번만으로 완료되는 변화는 없으며 장기 지속적인 노력과 애정이 아니라면 변화는 불가능합니다. 그는 변화에 대해 다음과 같이 강조합니다. '유일하고 결정적인 방법은 없다' 수많은 실패와 방황, 대립과 싸움이 변화에 필요한 노력이자 애정이라고 신영복은 말합니다. 말하자면 노력 없이 거저 이루어지는 것은 없다는 얘기입니다.

세계를 변화시키려는 노력은 문제의 본질을 정확히 꿰뚫어보는 데서 시작합니다. 표면적으로 드러난 사실만을 수정하는 것은 변화가 아닙니다. 임시방편과 변화는 전혀 다르기 때문입니다. 따라서 우리는 문제의 본질을 보려는 안목이 필요합니다.

광고 전문가 이제석의 공익광고 가운데 누군가를 향해 총을 겨누고 있는 병사 사진이 있습니다. 동일한 두 장의 사진이 대비되어 있는데, 하나는 평면이고 다른 하나는 곡면입니다. 평면 사진을 곡면으로 나타냈더니 상대를 향하던 총구가 결국 자신의 뒤통수를 노리고 있습니다. '폭력의 역설'이라고 해도 될 이 사진은 폭력의 본질을 꿰뚫고 있습니다. 폭력 앞에서 누구나 가해자이면서 피해자라는 사실을 드러내고 있고, 이를 통해 폭력을 멈추라는 메시지를 전달하고 있기 때문입니다. 이 사진은 폭력적 세계에 대한 도전이자 변화의 시도라고 할 수 있습니다.

벨라루스의 저널리스트이자 소설가 스베틀라나 알렉시예비치Svetlana Alexievich는 《전쟁은 여자의 얼굴을 하지 않았다У войны не женское лицо》에서 다음과 같이 주장합니다. '인류의 역사 약 5000년, 즉 BC 3000년에서 AD 1950년까지 92퍼센트의 기간은 전쟁 중이다. 평화로울 때는 8퍼센트에 불과했다.' 이것이 사실이라면 알렉시예비치는 인간의 이성으로 전쟁이라는 폭력을 막을 수 없음을 선언한 것입니다. 뿐만 아니라 이성이 인간과 다른 생물체를 구별하는 제1기준이라는 믿음도 폐기해야 함을 선언한 것입니다. 그래서일까요? 신영복은 보르헤스를 등장시켜 다음과 같은 대안을 제시합니다. 그 대안은 사뭇 뼈아픈 발견이자 새로운 인식이기도 합니다.

> 촛불을 꺼라! 촛불은 어둠을 조금 밀어낼 수 있을 뿐, 그 대신 별을 보지 못하게 한다.
>
> *신영복, 《담론》의 〈우엘바와 바라나시〉 중에서*

이성에 대한 절대적 믿음을 갖고 있던 20세기를 향해 돌을 던진 아르헨티나의 소설가 보르헤스Jorge Luis Borges는 우리나라 작가들에게도 많은 영향을 끼친 남미의 대표적 작가이자 세계적 작가입니다. 그가 말하는 촛불은 이성을 의미한다고 합니다. 따라서 이성을 버려야 더 넓은 우주(별)를 볼 수 있다는 보르헤스의 주장은 이성이 우리를 편협하게 만들어 왔음을 우회적으로 비판한 것입니다. 물론 인간의 이성의 한계를 지적한 것이면서 동시에 '20세기적 이성'에 대한 부정이라고 해석할 수도 있습니다.

신영복은 '공부, 공부'합니다. 듣기에 따라선 지겨울 수도 있습니다. 그런데 '공부, 공부'가 '변화, 변화' 혹은 '창조, 창조'로 들리는 이유는 무엇 때문일까요? 그의 공부는 지식 습득을 한정하지 않습니다. 오히려 새로운 인식으로부터 세계와 자아의 변화로 이어져 결국에는 세계의 창조로 나아가고 있습니다. 그가 그렇게 강조하는 공부란 우리 세계가 더 나은 공동체로 발전하기 위한 방법입니다. '공부는 세계 인식과 인간에 대한 성찰로 끝나는 것이 아니다. 공부는 세계를 변화시키고 자기를 변화시키는 것이다.' 물론 이때의 변화는 창조의 다른 이름입니다.

공자는《논어》〈이인里仁〉 편에서 '조문도朝聞道, 석사가의夕死可矣 (아침에 도를 들으면 저녁에 죽어도 좋다)'고 했습니다. 이 말은 "도대체 '도'가 무엇이기에?"라는 의구심을 갖게 만듭니다. 목숨과 바꾸어도 좋을 '도'가 있기나 한 것일까 싶기도 합니다. 물론 공자의 도(진리)에 대한 열망이 그만큼 큰 것임은 자명합니다.

신영복은 공부를 통해 인간성을 완성한다고 했으며 공부를 살아 있는 모든 존재의 형식이라고 했습니다. 공자는 학문을 통해 '도'를 배운다고 하였습니다. 신영복의 '공부'와 공자의 '학문'은 크게 다르지 않습니다. 공부와 학문을 방법으로 보면 인간성의 완성과 도는 목적이 됩니다. 그래서 '아침에 도를 들으면 저녁에 죽어도 좋다'고 말할 수 있는 것입니다. 여기서의 죽음은 생물학적 끝을 의미하는 것이 아니라 삶의 완성을 의미하기 때문입니다.

공부는 신영복 사상의 허브입니다. 여럿이 함께, 더불어, 공감, 연대, 변화와 창조 등 그 어느 것도 공부에 접속하지 않고서는 오롯이 설 수 없습니다. 공부는 결과가 아니라 과정이고, 이 과정을 통해서 우리는 인간과 세계에 대한 올바른 인식을 키울 수 있고, 올바른 인식을 통해 세계를 이해하고 변화시켜갈 수 있으며 나를 성찰할 수 있습니다. 세계 인식에서 가장 중요한 것은 진실이며 공부는 진실의 창조에 있습니다. 위선과 위악의 베일을 걷어내고 머리가 아닌 가슴으로 하는 공부, 이것이 신영복의 공부입니다. 그에게 공부는 자신의 내면을 향하는 것이고, 세계와 나 자신을 아는 것입니다.

7 존재

최고의 교본은 사람이다

存

在

우리 시대의 삶은 서로 만나서 선線이 되지 못하고 있는
외딴 점點입니다. 더구나 장場을 이루지 못함은 물론입니다.

신영복, 《담론》의 〈점은 선이 되지 못하고〉 중에서

서로가 서로에게

사람에 대한 신영복의 생각을 읽을 때마다 묘한 감정이 듭니다. 그는 20년 동안 범죄자들 속에 있었으므로 인간에 대한 따뜻한 시선보다는 차갑고 마른 시선이 더 어울릴지 모릅니다. 그럼에도 그의 사람에 대한 시선은 순수하고 선하며 신뢰로 가득합니다. 그는 감옥을 대학이라고까지 표현하였습니다. 그의 말에 따르면 감옥은 감추려야 감출 것이 없는 가장 원초적인 세계입니다. 과장도 왜곡도 숨김도 있을 수 없이 모든 것이 적나라하게 드러난 비위선적 세계가 감옥입니다. 그는 감옥 안에서 죄수를 만난 것이 아니라 투명한 인간을 만난 것입니다. 안과 겉이 다를 수 없는 사람들을 만나 사람에 대한 철학을 정립한 것이라고 할 수 있습니다. 이는 매우 역설적입니다. 감옥 바깥 사람들이 무수한 가면을 쓴 채 살아가는 것과 달리 감옥 안 사람들은 자기 자신을 있는 그대로 노출시키기 때문입니다. 감출 것 없는 사람들의 세계에서 20년 동안 감출 것 없이 살아온 신영복은 이 놀라운 경험을 통해 인간에 대한 긍정과 낙관적 자세를 정립합니다. 그 무엇도 아닌 사람에게서 배우라고 말할 정도입니다. 사람에 대한 믿음이 없다면 허사에 지나지 않을 말입니다.

"최고의 교본은 사람이다." 신영복은 사람을 그 자체로 최고라고 주장합니다. 사람에 대한 무한 신뢰와 애정이 없다면 불가능한 표현입니다. 이 문장을 약간 변형시키면 이렇습니다. '사람은 사람을 통해 사람이 된다. 그러므로 사람이 되고자 한다면 사람으로부터 배워라.' 이를테면 너는 나의 사람됨을 위한 교본이고 나는 너의 사람됨을 위한 교본이라는 얘기입니다. 이 과정에서 신영복은 특정 사람을 지칭하지 않았습니다. 우리 모두가 서로에게 서로의 교본이기 때문입니다. 사람에 대한 신영복의 생각은 여기에 멈추지 않습니다. '사람을 키우는 일이야말로 그 사회를 인간적인 사회로 만드는 일' 임을 강조합니다. 말하자면 인간적인 사회의 출발점이 사람이라는 얘기입니다. 우리가 보다 인간적인 사회를 만들고자 한다면 사람을 키우는 데 정성을 다해야 한다는 것입니다.

희망찬 사람은
그 자신이 희망이다

길 찾는 사람은
그 자신이 새 길이다

참 좋은 사람은
그 자신이 이미 좋은 세상이다

사람 속에 들어 있다
사람에서 시작된다

다시

158

사람만이 희망이다

박노해, 〈다시〉

　신영복이 말하는 최고의 교본으로서의 사람과, 시인 박노해의 〈다시〉에 담긴 메시지는 사람에 대한 유사한 의식을 보여줍니다. 사람에 대한 무한한 애정과 긍정을 교집합으로 하고 있으며 사람만이 유일한 희망임을 제시하고 있습니다.

경청 - 최고의 독서

현재 시중에 판매되고 있는 경청 관련 책만 해도 수십 권이 넘습니다. 얼핏 보면 경청이 시대의 대세처럼 여겨집니다. 이는 역설적인 면이 있습니다. 오죽 안 들으면 책이 저리 많을까 싶은 것입니다. 말은 발화에 머물지 않습니다. 말의 도착점은 상대방입니다. 상대방이 없는 말은 독백에 지나지 않고 들어주지 않는 말은 소음에 불과합니다.

　《논어》의 〈위정爲政〉 편에 다음과 같은 구절이 있습니다. '육십이이순六十而耳順' 나이 60을 가리켜 이순이라고 하는데 그 말은 여기서 유래한 것입니다. 일반적으로 이순을 일러 귀가 순해지는 나이로 해석합니다. 이 구절을 두고 해석이 여럿 있습니다. '남의 말을 듣기만 하여도 곧 그 이치를 깨달아 이해하게 되었다' 혹은 '어떤 소리에도 마음에 거슬리는 바가 없다'는 식의 해석입니다. 어떤 해석이든 귀에 들리는 모든 소리를 이해한다는 점에서는 다르지 않습니다.

　귀는 여러 감각 기관 중에서 조금 특별한 데가 있습니다. 듣는 것 외에는 다른 일을 하지 않습니다. 눈은 보는 것과 감정 반응으로써 눈물을 흘리는 일을 하고, 입은 먹는 것과 언어 표현을 하며, 코는 숨을 쉬며 냄새를 맡기도 합니다. 이에 반하여 귀는 오직 듣는 일만 합니다. 그것 말고는 딱히 하는 일이 없는데, 얼굴 가운데 가장 돌출되어 있어서 차갑습니다. 이 차가움 덕분에 사람들은 뜨거운 물건을 만지다 놀라면 손을 귀로 가져가 식힙니다. 이때의 차가움은 물리적인 차가움만을 의미하지 않을성싶습니다. 뜨겁거나 차갑거나 거칠거나 그럴듯해 보이는 이 무수한 말들을 냉정하고 냉철하게 정리 정돈하여 받아들이라는 게 아닐까 싶습니다.

　그게 마냥 쉬운 일은 아닙니다. 다른 기관에 비해 귀는 소리를 막지 못하는 매우 수동적인 특징이 있기 때문입니다. 귀를 닫거나 막는 것이 쉽지 않은 이유는 사람이 외계 소리에 민감한 탓입니다. 내부의 소리보다 외계 소리가 훨씬 재미있고 스펙터클하기 때문입니다. 현자인 공자조차도 나이 60에 이르러 귀가 순해졌다는 말을 하고 있습니다. 들어오는 소리를 차단하기도 어렵지만 한편으로는 열심히 정성을 다하여 들어주는 것도 쉽지는 않습니다. 상대방에 대한 애정과 관심이 없다면 귓등으로 듣게 마련입니다. 말하는 사람은 많은데 듣는 사람이 적은 현실은 서로에 대한 애정과 관심이 부족함을 방증하는 것입니다.

새들이 나무를 좋아하는 것은
새들의 수다를 고개를 끄덕이며 들어주는
수많은 나무의 귀가 있기 때문이다
그것이 울음인지, 웃음인지, 노래인지,
숲속 오래된 전설인지, 해독이 어려운
연신 똑같은 말을 하는 새들의 언어
숲속 나무의 푸른 귀들은 언제나
귀를 팔랑거리며 재미있게 듣다가
온몸을 들썩들썩 흔들며 웃기도 한다
어찌 친구인 새들의 언어를 모르겠는가
가을이면 이야기로 가득 찬 무거운 귀를 내려놓고
봄이 올 때쯤 연둣빛 새 귀를 가지에 매단다, 나무는
새들이 나무를 좋아하는 것은
파라솔과 나무의자가 놓여 있기 때문이다
여기 앉아서 맘껏 이야기해
내 다 들어줄게 하는 나무의 마음 때문이다

김진광, 〈나무의 귀〉

나무는 새의 수다를 들어주는 커다랗고 푸른 귀입니다. 새들의
말을 재미있게 그리고 온몸으로 들어줍니다. 새들이 나무를 좋아하
는 것은 그 때문이라고 시인 김진광은 말합니다. 그렇다면 우리에게
는 어떤 귀가 있을까요? 새에게 푸른 귀가 있는 것처럼 우리들에게도

그런 귀 하나쯤 있다면 얼마나 좋을까요?

신영복은 경청을 가리켜 '목발'이라고 부릅니다. 누구든 온전히 걷기 위해서는 경청이라는 목발에 의지해야 함을 강조합니다. 따라서 '사람들의 살아온 이야기를 나의 목발로 삼아 걸어가겠다'는 그의 생각은 다른 사람에 대한 존중이자 타인 없이 내가 존재할 수 없다는 신념입니다. 그는 여기서 한 걸음을 더 나아가 '처음에는 목발이 다리를 닮아가지만 나중에는 다리가 목발을 배우게 됨'을 강조합니다. 이쯤 되면 타인은 나를 온전하게 하는 절대적 존재가 됩니다. 타인 없는 나는 존재 자체가 불가능해집니다. 듣는 일로 치면 내가 제대로 살기 위해서 들어야 하고, 그냥 듣는 것이 아니라 온몸과 마음을 다하여 들어야 합니다. 그래서 신영복은 독서 가운데 최고를 남의 인생사를 경청하는 데 두었습니다.

> 내가 징역살이에서 터득한 인간학이 있다면 모든 사람을 주인공의 자리에 앉히는 것입니다. 나는 한 사람 한 사람을 유심히 봅니다. 그 사람의 인생사를 경청하는 것을 최고의 독서라고 생각했습니다. 몇 번에 나누어서라도 가능하면 끝까지 다 듣습니다.
>
> 신영복, 《담론》의 〈비극미〉 중에서

듣는 일 하나로 상대방을 주인공이 되게 만드는 일, 이것이 신영복의 인간학입니다. 사람을 사랑하고 배려하는 방법입니다. 경청에는 몇 가지 조건이 필요합니다. 첫째, 일단 하던 일을 멈추어야 하고 둘째, 말하는 이의 이야기에 적극적으로 참여해야 하며 셋째, 간간히 응답해야 합니다. 이러했을 때 경청이 가능하고 또한 공감이 가능합니다.

신영복의 아호는 '쇠귀'입니다. '쇠귀'는 '우이牛耳'의 순우리말입니다. 얼핏 보면 경청을 강조한 그가 쇠귀를 호로 사용하는 것이 이해되지 않습니다. 쇠귀는 소의 귀를 뜻하는데 긍정적인 의미보다 아둔한 사람을 이르는 말이기 때문입니다. 이를테면 '쇠귀에 경 읽기'라는 속담만 봐도 '쇠귀'는 긍정보다는 부정에 가깝습니다. 소의 귀에 대고 아무리 경전(좋은 글)을 읽어줘 봐야 알아듣지 못한다는 것이니까요. 한편으로 생각해보면 아호 쇠귀에는 의미심장한 무언가가 있을지도 모르겠습니다. 경전을 알아듣지 못한다가 아니라 알아듣지 못하므로 여러 번 듣자, 이런 의도로도 해석 가능합니다. '몇 번에 나누어서라도 가능하면 끝까지 다 듣습니다'라는 그의 고백은 그래서 경청의 최고의 자세가 아닌가 싶습니다.

자기 성찰 - 나를 고결하게 지키는 것

활을 쏘아서 과녁에 적중시키지 못했을 때는 자기를 이긴 사람을 원망하지 말고 부중不中, 적중하지 못한 원인을 자기한테서 찾아야 합니다. 유명한 '반구저기反求諸己'입니다. 부중의

원인을 자기에게서 찾아야 한다는 뜻입니다. 자기의 활 쏘는
자세를 먼저 반성해야 한다는 것입니다.

신영복, 《담론》의 〈점은 선이 되지 못하고〉 중에서

사람은 누구나 잘못을 저지를 수 있습니다. 불완전한 존재인 까
닭입니다. 잘못을 저지르지 않으려는 노력도 중요합니다만 그 못지
않게 중요한 것이 잘못 앞에서 어떤 태도를 취할 것인가 하는 점입니
다. 잘못을 인정하고 반성하는 사람인지 아니면 회피하는 사람인지
에 따라 그는 전혀 다른 사람이 됩니다. 우리는 잘못을 회피하는 경
향이 있습니다. 우선 피하고 보자는 심리가 작동한 것일 수도 있고
부끄러운 자신과 대면할 용기가 없는 탓도 있습니다. 그 과정에서 문
제의 원인을 자신보다 외부에서 찾는 데 비교적 익숙해졌습니다. 설
령 나의 문제라 하더라도 원인을 외부로 돌리면 책임을 면할 수 있다
는 믿음이 있는 것입니다.

신영복은 《맹자》의 〈이루離婁〉에 나오는 '반구저기'를 통해 자기
성찰적 태도를 요구합니다. 다른 누구의 잘못을 말하기에 앞서 자기
자신한테서 먼저 잘못을 찾으라는 것입니다. 이런 마음의 자세를 갖
춘 존재가 인간이라는 논리입니다. 신영복은 맹자의 자기 성찰 자세
를 일러 '자기를 고결하게 지키는 것'으로 해석합니다.

책임 회피가 자신을 방치하는 것이라면 성찰은 자기 자신을 지
키는 결단입니다. 이러한 결단의 자세를 가장 잘 보여준 사람 가운데
시인 윤동주가 있습니다. 우리 국민들이 가장 사랑하는 시인 중 한

명인 그는 결벽증에 가까운 자기 성찰적 자세로 자신을 지켰던 인물입니다. '부끄러움의 미학'이라 불릴 만큼 그의 시 곳곳에 도덕적으로 순결한 삶을 살고자 했던 그의 모습이 그려져 있습니다.

> 죽는 날까지 하늘을 우러러
> 한 점 부끄럼이 없기를,
> 잎새에 이는 바람에도
> 나는 괴로워했다.
> 별을 노래하는 마음으로
> 모든 죽어가는 것을 사랑해야지
> 그리고 나한테 주어진 길을
> 걸어가야겠다.
>
> 오늘 밤에도 별이 바람에 스치운다.
>
> 윤동주, 〈서시(序詩)〉

우리 국민이 가장 많이 애송하는 시라고 합니다. 윤동주의 삶에 대한 경외감은 물론 시 자체의 우수성 때문에 애송하기도 할 터입니다. 한편으로 생각해보면 그런 이유와 다른 면도 있을 것입니다. 자기 성찰에 대해 보다 엄격한 잣대를 갖고자 하는 국민적 열망이 있지 않을까 생각합니다. 시인처럼은 아니더라도 부끄러움을 아는 인간으로 살고자 하는 기대와 염원이 혀끝에서 이 시를 맴돌게 했을지 모룹니다.

여민락 – 진정한 즐거움

신영복 사상의 출발을 사람이라고 한다면 그 끝 또한 사람입니다.
물론 고립된 한 존재가 아니라 '여럿이 함께'로서의 사람입니다. 그
런 까닭에 그의 저서 곳곳마다 '함께'가 스며 있습니다.

> 양혜왕이 못가에 서서 큰 기러기와 사슴들을 돌아보며 맹자
> 에게 묻습니다. '현자賢者도 또한 이것을 즐거워합니까?' 맹자
> 의 대답입니다. '현자라야 즐길 수 있습니다. 폭군이라면 즐
> 기지 못합니다.' 제선왕도 맹자에게 물은 적이 있습니다. '나
> 는 사냥터가 40리밖에 안 되고, 문왕은 70리나 되었는데, 문
> 왕은 인자한 임금이라고 하고, 왜 나는 나쁜 임금이라고 합니
> 까?' 맹자의 대답입니다. '문왕은 사냥터를 개방하고 당신은
> 개방하지 않았기 때문입니다.' 진정한 즐거움이란 독락獨樂이
> 아니라 여러 사람과 함께 하는 것이어야 한다는 것이 맹자의
> 여민락입니다.
>
> *신영복,《담론》의 〈점은 선이 되지 못하고〉 중에서*

《맹자》의 여민락與民樂에 나오는 내용입니다. 양혜왕과 제선왕의
질문에 대하여 맹자의 대답은 간결합니다. '함께'가 바로 그것입니

다. 현자라야 뭇 생명들과 함께 즐거워할 수 있듯 사냥터를 개방하여 백성들과 함께하는 임금이야말로 어진 임금이라는 논리가 그것을 입증합니다. 현자도 어진 임금도 그 판단의 근거는 '함께'에 있습니다. '함께'가 아니라면 현자도 될 수 없고 어진 임금도 될 수 없습니다.

　서양화가 이중섭의 작품 중 우리에게 잘 알려진 〈해와 아이들〉을 보면, 그림은 지극히 단순합니다만 그 속에 편안함과 행복이 깃들어 있습니다. 서로서로 함께 어우러져 있고 또한 함께 행복한 모습입니다. 이는 그림 속의 내용만 그러한 게 아닙니다. 청소년들에게 언제가 가장 즐겁고 행복했는가 물으면 대부분은 친구들과 함께 놀 때라고 답합니다. 내일에 대한 부담이 없이 친구들과 마냥 어울릴 때의 해방감을 잊지 못하는 것입니다. 어른들 또한 다르지 않습니다. 어른들에게도 동일한 질문을 하게 되면 그들 역시 친구들과 어울릴 때라는 답이 적지 않습니다. 따라서 '여럿이 함께'는 이론이 아니라 체험에서 우러나오는 지혜이자 그 자체로 삶입니다.

　신영복은 맹자의 사상 가운데 으뜸을 민본民本 사상에 두고 있습니다. 백성이 통치의 근본이라는 그의 사상은 오늘의 민주주의에 비견해도 손색이 없습니다. 물론 통치의 관점은 상이합니다. 민본주의가 통치자의 입장에서 백성의 존재를 통치의 근본으로 보았다면 오늘의 민주주의는 시민의 입장에서 시민이 곧 주인됨의 이념이기 때문입니다. 그럼에도 맹자의 통치 철학 가운데 우리의 눈길을 끄는 것이 '여민락'입니다. 여민락은 '백성과 함께 즐거워한다'는 의미로 맹자의 민본 사상의 핵심입니다. 신영복은 이를 다음과 같이 발전시킵

니다. '진정한 즐거움이란 혼자 즐거워하는 것이 아니라 여러 사람과 함께하는 것이어야 한다.'

한때 여민이냐 위민이냐를 가지고 논쟁이 뜨거웠습니다. 청와대 주인이 바뀌면서 동일한 건물의 이름을 한 번은 여민관, 그 다음은 위민관, 이러다가 다시 여민관으로 명칭이 바뀌었습니다. 어떤 것이 옳은지는 판단하기 힘듭니다. 다만 여민與民은 백성과 즐거움을 함께한다는 것을 의미하고, 위민爲民은 백성을 위하고 섬긴다는 뜻의 차이는 분명합니다. 신영복이 위민보다 여민에 관심을 두었으리란 것은 미루어 짐작할 수 있습니다. '여럿이 함께'가 그의 사상의 핵심이기 때문입니다. 함께하기 위해서는 먼저 만나야 합니다. 만나지 않는 함께는 불가능합니다. 따라서 신영복은 맹자 사상 가운데 '만남'을 '여럿이 함께'로 끌어안습니다. 그 대표적인 사례가 《맹자》곡속장觳觫章의 이양역지以羊易之입니다. 이양역지란 양으로 바꾸라는 뜻입니다.

신은 호흘이라는 신하가 한 말을 들은 적이 있습니다. 언젠가 왕께서 대전에 앉아 계실 때 어떤 사람이 대전 아래로 소를 끌고 지나갔는데 왕께서 그것을 보시고 '그 소를 어디로 끌고 가느냐?'고 물으시자 그 사람은 '혼종에 쓰려고 합니다.'라고 대답했습니다. 그러자 왕께서 '그 소를 놓아주어라. 부들부들 떨면서 죄 없이 도살장으로 끌려가는 모습을 나는 차마 보지 못하겠다.' 하셨습니다. 그러자 그 사람이 대답했습니다. '그러면 흔종 의식을 폐지할까요?' 그러자 왕께서는 '흔종을 어찌 폐지할 수 있겠느냐. 소 대신 양으로 바꾸어라.'고 하셨는데 그런 일이 정말 있었는지 모르겠습니다.

신영복, 《강의》의 〈맹자의 의義〉 중에서

이 이야기는 제나라 선왕과 맹자의 대화입니다. 이야기를 정리하자면 다음과 같습니다. 제나라 선왕이 흔종 하러 가는 신하에게 소를 어디로 끌고 가느냐고 묻습니다. 죽임을 당하러 가는 소가 벌벌 떠는 모습을 선왕이 본듯합니다. 흔종은 종을 새로 주조할 때 소를 죽여 소의 피를 종에 바르는 의식입니다. 선왕은 이 장면에서 소를 놓아주라 명하게 됩니다. 그러자 신하는 흔종 폐지에 대해 묻습니다. 이때 선왕은 흔종은 유지하되 소 대신 양으로 바꾸어 제를 지내라고 명합니다.

여기에 대한 맹자의 해석은 다음과 같습니다. '본 것과 못 본 것의 차이다.' 소는 선왕이 보았고 양은 보지 못했습니다. 그 차이가 소에게는 삶을, 양에게는 죽음을 선사한 것입니다. 이를 통해 신영복은 '본다'를 '만남'으로 끌어냅니다. 선왕이 큰 것은 살리고 작은 것을 죽인 논리나 생명에 대한 이중적 태도를 가졌다는 점에 주목하지 않습니다. 맹자도 신영복도 '만남'에 주목합니다. 만나야 웃든 울든 할 수 있습니다.

우리가 살아가고 있는 현실은 그 만남이 부재하거나 부족합니다. 신영복에 따르면 만남 부재의 원인은 자본주의입니다. 자본주의는 사람을 파편화시킵니다. 모이게 하기보다는 나누고 분리시키며 효율성만을 위해 경쟁하게 만듭니다. 자본주의 사회에서 인간관계는 대단히 왜소해진다는 것이 신영복의 생각입니다. 만남과 관계의 문제는 그의 지하철 경험에 잘 나타납니다. 자리에 앉았던 승객이 내리고 그 승객 앞에 있던 선생이 자리에 앉을 차례인데 느닷없이 다른 사람이 그 자리를 차지하게 됩니다. 이를 두고 선생은 '만남의 부재'를 지적합니다. 만약 그 지하철 안에서 3년쯤 같이 생활한다면 그 사람이 그런 태도를 취할 수 없다는 논리입니다. 유감스럽게도 서울시민의 지하철 평균 탑승 시간이 20분이고 승탑 거리는 10정거장입니다. 서로를 이해하고 소통할 시간이 되지 못합니다. 지나가거나 지나치는 관계 아닌 관계일 수밖에 없습니다. 신영복은 이 경험으로부터 부끄러운 감정은 관계와 만남이 지속될 때 생기는 것임을 강조합니다. 지나치는 관계에서는 부끄러움을 느낄 겨를조차 없기 때문입니다. 그러므로 만남의 부재는 우리에게 염치를 느낄 순간조차 주지 않습니다.

우리 시대의 삶은 서로 만나서 선線이 되지 못하고 있는 외딴 점點입니다. 더구나 장場을 이루지 못함은 물론입니다.

신영복, 《담론》의 〈점은 선이 되지 못하고〉 중에서

신영복의 이와 같은 분석은 우리의 폐부를 찌릅니다. 식민지와 한국전쟁 그리고 민주화운동을 거치면서 우리는 세계가 놀랄만한

국가로 성장하였습니다. 민주화와 경제발전을 동시에 이뤄낸 거의 유일한 나라라는 평가를 받기도 합니다. 경제적으로 풍요로워졌고 정치적으로 자유가 신장되었습니다. 이런 성과의 이면은 우리를 우울하게 만듭니다. 점이 선으로 이어지지 않은 채 고립되어 있습니다. 우리는 우리에게 물어야 합니다. 어떻게 하면 점이 선으로 발전하고, 선이 장으로 이어질까요? 어떻게 하면 개인을 포함한 공동체가 여민락의 세계로 나아갈 수 있을까요? 이에 대한 하나의 답이 될 만한 사실이 최근 발표되었습니다. 하버드 대학 연구진은 75년 동안 졸업생들을 추적 조사 연구한 자료를 발표했습니다. 연구는 종결된 것이 아니라 여전히 진행 중입니다. 그러므로 현재의 발표는 잠정적 결론이라고 할 수 있습니다.

"좋은 삶을 만드는 비결은 무엇인가?" 연구 결과는 부와 지위, 명성 같은 조건이 아니었습니다. 사람을 진정으로 행복하게 만드는 것은 '좋은 관계'였습니다. 좋은 관계란 첫째, 가족과의 친밀성이었으며 둘째, 친구와의 친밀한 교제였고 셋째, 공동체와의 사회적 관계였습니다. 발표에 따르면 가족, 친구, 공동체와 긴밀하게 연결되어 있는 사람일수록 더 행복했을 뿐 아니라 건강하게 오래 살았습니다. 반면 관계가 약하거나 고립되어 있는 사람들은 행복도가 떨어졌으며 중년기에는 빠른 속도로 건강이 악화되었으며 뇌 기능도 일찍 저하되었습니다.

우리의 현실은 염려스러운 수준입니다. 고립된 개인이 너무 많습니다. 국민 여가 시간은 우리의 민낯을 그대로 드러내고 있습니다.

다른 사람과의 교제 시간이 지나치게 적은데다 국민 10명 가운데 6명 이상이 주로 TV를 보거나 인터넷을 하면서 여가 시간을 보냅니다. 여가 시간의 편향은 곧 고립된 개인이 많다는 것을 의미합니다. 친구 또는 가족과 여가를 보내는 사람이 40퍼센트 정도밖에 되지 않는데 비해 혼자 고립되어 보내는 경우는 근 60퍼센트에 이릅니다. 이는 우리 사회에 좋은 관계가 그만큼 적다는 뜻입니다. 여민락이 요원해 보입니다. 지금의 우리는 만나지 않고 있습니다. 혼족과 혼밥, 혼술이 어느덧 낯익은 단어가 되었습니다. 혼자가 편하며 혼자가 익숙합니다. 둘이는 불편하고 함께는 성가십니다. 불편을 감수할 용기가 점점 사라지고 있습니다.

신영복은 말합니다. '만나라, 여럿이 함께.' 그는 우리가 제일 많이 배우고 가장 쉽게 배우는 대상이 사람이라고 했습니다. 사람이 최고의 교본입니다. 우리가 제일 많이 만나는 것도 사람이고 만나서 제일 많이 말하는 것도 사람에 대한 이야기임을 강조합니다.

우리 지금 만나 (만나) 당장 만나 (만나)
우리 지금 만나 (만나) 당장 만나 (만나)
휴대전화 너머로 짓고 있을 너의 표정을 나는 몰라 (몰라 몰라 나는 절대로 몰라)
우리 지금 만나 (만나) 당장 만나 (만나)
우리 지금 만나 (만나) 당장 만나 (만나)
말문이 막혔을 때 니가 웃는지 우는지 나는 몰라 (몰라 몰라 나

는 절대로 몰라)

장기하와 얼굴들, 〈우리 지금 만나〉 중에서

장기하와 얼굴들의 노래를 통해 우리는 만남의 중요함을 다시금 느낄 수 있습니다. 만나야 너의 표정도, 너의 감정도 알 수 있다는 가사를 통해 만나지 않았을 때를 추론할 수 있습니다. 만나지 않으면 너에 대해 아무것도 알 수 없다는 것입니다. 그것은 곧 오해의 시작이 될 것이고 이는 이별의 원인이 될 것입니다. 만남은 모든 오해를 일소시킬 유일한 대안입니다.

따라서 '이양역지'의 교훈을 다시 되새길 필요가 있습니다. 한 번이라도 만난 소를 살리고 한 번도 만나지 못한 양을 대신 죽인 것은 만남의 소중함을 강조하는 것입니다. 만남은 삶이고 만나지 않음은 곧 죽음이라는 얘기입니다. '만남 부재'의 현실 앞에 개탄만 하지 말고 오늘 당장 만나라는 것이 신영복의 애정 어린 요구입니다. 만나서 니가 우는지 웃는지 서로 확인하고 서로의 위로와 교본이 되라 하는 것입니다.

8

연대

물처럼 낮은 곳에 임하는 삶

連帶

연대는 전략이 아니라 삶의 철학이라는 사실입니다.
산다는 것은 사람과의 만남입니다.
그리고 사람들과의 만남이 연대입니다.
관계론의 실천적 버전이 연대입니다.

신영복, 《담론》의 〈잠들지 않는 강물〉 중에서

상선약수

신영복 사상의 밑바탕에는 '여럿이 함께'가 자리 잡고 있습니다. 그가 남긴 모든 기록은 '여럿이 함께'로 구조화된 세계입니다. 나무를 통해 '더불어 숲'을 말했다면, 물을 통해서는 '하방연대'를 주장합니다. 더불어 숲과 하방연대는 관계의 산물입니다. 나무와 나무의 관계가 숲이 되듯, 물과 물의 관계는 바다가 됩니다. 그의 사상을 '관계의 미학'으로 불러도 전혀 이상할 것이 없습니다.

　'상선약수上善若水'는 '최고의 선은 물과 같다'는 뜻입니다. 신영복 사상의 생태계를 이루는 또 하나의 큰 줄기입니다. 물에서 인생의 진리를 찾는 그의 안목은 사실 노자老子의 《도덕경道德經》에 근거합니다. 노자는 인간이 물 같아지기를 권하고 있습니다. 물이 가진 유연성과 낮은 곳으로 흐르는 속성 때문입니다. 이를 인간 사회에 적용하게 되면 유연성은 상황에 맞게 변화하는 능력과 연결됩니다. 네모진 그릇에 담으면 네모진 모양이 되고, 둥근 그릇에 담으면 둥근 모양이 되는 물의 속성처럼 인간 또한 상황과 조건에 따라 자신을 변화시켜 살 수 있는 유연함이 필요하다고 주장한 것입니다. 또한 물의 아래로 흐르는 속성에 주목하는데, 이는 물이 자신을 높이지 않고 낮은 곳으로 흘러가는 것처럼 사람 역시 겸손하고 겸허해야 함을 강조한 것입니다.

　신영복이 노자를 읽는 목적은 노자의 이해 자체에 있지 않습니다. 그는 '우리 시대의 과제를 조명하는 독법'으로써 노자를 읽습니다. 노자라는 현미경으로 우리 시대를 읽고자 한 것입니다. 우리 시대와 사회의 환부를 읽고 그 대안을 찾고자 하는 것입니다.

水善利萬物而不爭 處衆人之所惡 (물은 만물을 이롭게 하지만 다투지 않는다. 모든 사람들이 싫어하는 가장 낮은 곳에 처한다.)

노자, 《도덕경》의 제8장 중에서

노자가 말한 물의 속성에 신영복 또한 전적으로 공감하고 있습니다. 만물을 이롭게 만들되 다투지 아니 하며 세상의 가장 낮은 곳에 임하는 물, 이러한 물의 속성을 살려 우리 사회의 모순을 해결하자는 것이 신영복의 생각입니다. 우리 사회는 나의 삶이 타인의 삶을 살려내는 데 인색하고 서로 다투는 데 익숙합니다. 또한 낮은 곳보다 높은 곳을 지향하도록 시스템화 되어 있습니다. 신영복이 물처럼 낮은 곳에 임하는 삶을 강조하는 이유입니다.

물처럼 낮은 곳에 임하는 삶이란 무엇일까요?

《노자》를 민초의 정치학이라고 합니다. 가장 약하고 낮은 곳에 살고 있는 사람들이 민초입니다. 지금도 마찬가지입니다. 먹이사슬의 최말단에 처해 있습니다. 전쟁에 동원되어 죽고, 포로가 되어 노예가 되고, 만리장성 축조에 동원됩니다. 고향을 잃고 가족과 헤어져야 합니다. 노자의 물은 이처럼 민초의 얼굴입니다.

세상에는 낮은 곳이 참 많습니다. 성적이 높은 학생보다 낮은 학생이 많고, 상사보다 부하가 많으며, 부자보다 부자가 아닌 사람이 많습니다. 이렇듯 세상에는 높은 것들보다 낮은 것들이 많습니다. 신영복은 이를 가리켜 '소외된 곳'이라고 명명합니다. 낮은 곳은 모든 사람이 싫어하는 곳이기도 합니다. 물은 이 낮은 곳으로 향하고 낮은 곳에 머물기를 싫어하지 않습니다. '최고의 선은 물과 같다'는 상선약수는 그래서 숭고하기까지 합니다.

노자가 강물을 최고의 선이라고 하는 이유는 세 가지입니다. 첫째 수선리만물水善利萬物입니다. 물은 만물을 이롭게 하기 때문입니다. 더 설명이 필요하지 않습니다. 물이 곧 생명입니다. 둘째 부쟁不爭입니다. 다투지 않기 때문입니다. 물은 다투지 않습니다. 유수부쟁선流水不爭先, 흐르는 물은 선두를 다투지 않습니다. 뿐만 아니라 산이 가로막으면 돌아가고 큰 바위를 만나면 몸을 나누어 지나갑니다. 웅덩이를 만나면 다 채우고 난 다음 뒷물을 기다려 앞으로 나아갑니다. 절대로 무리하지 않습니다. …… 셋째 처중인지소오處衆人之所惡입니다. 모든 사람이 싫어하는 곳에 처하기 때문에 상선上善입니다. 싫어하는 곳이란 낮은 곳, 소외된 곳입니다.

신영복,《담론》의 〈잠들지 않는 강물〉 중에서

만물을 이롭게 하다

물은 그냥 흘러만 가는 것이 아닙니다. 흘러가면서 만물을 소생시킵니다. 물을 생명이라고 한 이유입니다. 이뿐만 아니라 물은 풍경을 만들고 드넓은 생태계를 만듭니다. 신영복의 말에는 묘한 울림이 있습니다. '우리는 그냥 살아 있는 게 아니다. 살면서 다른 사람과 다른 생물들을 살아가게 만든다.' 이렇게 읽히기 때문입니다. 나의 살아 있음이 누군가의 존재의 근거가 된다는 것은 황홀한 행복이자 축복입니다. 나로 인해 살아가는 사람이 있다면 그것만으로도 삶은 가치 있는 그 무엇입니다. 존재 자체가 민폐인 사람도 있습니다. 자기 자신만 아니라 타인에게도 고통이 되는 사람이 없지는 않을 것입니다. 그런 사람보다는 나의 살아 있음이 너의 살아감이 되는 세상, 너의 살아감이 나의 살아 있음이 되는 세상, 그런 세상에 대한 믿음. 이것이 신영복이 추구하는 더 나은 공동체의 모습입니다.

다투지 않는다

가만 생각해보면 낮은 곳이 많다는 것은 높은 곳이 많지 않다는 말이기도 합니다. 사람들은 누구나 출세를 꿈꿉니다. 현재보다 더 나은 지위에 오르고자 합니다. 그것이 입신양명이든 부자가 되는 것이든 사람들의 출세 욕망은 매일 최대화되는 느낌입니다. 더 높은 곳을 위하여 더 많은 것을 위하여 오늘도 경쟁의 대열에 서 있습니다. 거기에 만족이란 없습니다. 만족은 패배의 다른 이름일지도 모릅니다. 온전히 경쟁에 바쳐진 필사의 경주만 찬양되고 칭송받습니다.

괴테의 명작 중에 〈파우스트Faust〉가 있습니다. 악마 메피스토펠레스에게 자신의 영혼을 팔아버린 파우스트에 대한 이야기입니다. 파우스트는 학문 탐구를 통해 진리(신)에 도달하고자 합니다. 그것이 불가능하다는 것을 깨닫고 무기력해진 그는 악마와 거래를 합니다. 악마 메피스토펠레스가 늙은 학자에게 청춘(쾌락)을 주겠다는 유혹은 너무도 매혹적이었습니다. 결국 파우스트는 악마와 계약을 맺어 청춘을 얻는 대신 자신의 영혼을 넘겨줍니다. 이후의 삶은 잠깐의 쾌락과 긴 비극이 연속됩니다. 영혼을 팔아버린 대가는 너무도 가혹했습니다.

우리는 늙은 파우스트일지 모릅니다. 성공과 출세의 유혹은 언제나 매력적이지만 또한 우리를 나날이 왜소하게 만듭니다. 영혼을 넘겨달라는 메피스토펠레스의 은밀한 유혹 앞에서 우리의 영혼은 언제까지 안녕할 수 있을까요. 대학 입시 경쟁률을 보면 충격 그 자체입니다. 경쟁 사회에서 영혼이 무사하다는 것이 어쩌면 더 이상할지도 모릅니다. 기업 입사 경쟁률은 더 무서운 속도로 매년마다 최고 경쟁률을 경신하고 있습니다. 이제 200대 1은 평범해 보이기까지 합니다. 취업을 할 수 있다면 영혼을 파는 일은 일도 아닐지 모릅니다. 그만큼 우리는 절박합니다. 그래서 물처럼 살라는 말은 공허하고 더러는 한심한 꼰대 소리 같습니다.

경제학 이론 가운데 '희소성의 법칙'이 있습니다. 인간의 욕망은 무한한 데 비해 그 욕망을 충족해줄 수 있는 재화나 용역은 상대적으로 부족한 현상을 말합니다. 욕망은 충족과 만족을 모른다는 것과 재화는 부족하다는 상관성에 주목한 이 법칙을 조금 수정해야 할 때가 온 것 같습니다. 특정 욕망으로의 쏠림이 두드러지기 때문입니다. 오늘의 관점에서 보면 '인간의 욕망은 유한하고 재화는 무한하다'는 논리가 더 타당할 듯 보입니다. 즉 인간의 욕망이 몇 개로 통일되고 있음에 주목해야 합니다.

이러한 현실은 개인의 욕망만의 문제가 아니라 사회가 그렇게 작동하고 있다는 게 더 적합한 판단일지 모릅니다. '사회가 인간의 욕망을 몇 개로 통일하고 있다. 그래서 유사한 욕망을 가진 자들끼리 과도한 경쟁과 투쟁을 벌이고 있다.' 이러한 해석은 욕망의 통제를 일종의 통치의 방법으로 이해하는 관점입니다. 일종의 기만술 같은 것입니다. 통치자가 직접 나서는 법이 없습니다. 통치자는 피통치자 간의 상호 경쟁을 유발하기만 하면 됩니다. 그러면 피통치자 간의 경쟁을 통해 사회는 유지 존속됩니다. 이렇게 되면 사람들은 경쟁률이 치솟는 것을 두고 상호 비방과 견제 상태로 빠져듭니다. 사회 구조의 문제는 망각되어버리는 것이지요. 오직 개인의 욕망만이 문제인 것처럼 되는 것입니다.

욕망에 충실한 개인들은 도전보다는 안전을 선호하게 됩니다. 그 대표적인 사례가 직업에 대한 것입니다. 우리는 교과서를 통해 직업에 귀천이 없다고 배웁니다. 누구나 자기가 하고 싶은 일을 하고 거기에 만족한다면 그것이 최고의 직업이라는 말도 합니다. 현실은 이와 사뭇 다릅니다. 어느 직업이냐에 따라 사회적 대우도 인정도 달라집니다. 누구나 선호하는 직업이 있고 누구나 기피하는 직업이 있습니다. 통계청 자료에 따르면, 우리나라의 직업 개수는 2017년 기준 1만 4천 개 정도라고 합니다. 이 가운데 선호하는 직업 우선순위를 확인해보면 20개 정도입니다. 따라서 인기 직업군에 대한 경쟁률은 날이 갈수록 심해질 수밖에 없습니다. 희망하는 직업이 유사해진다는 것은 우리들의 욕망이 통일되고 있음을 반증합니다. 불가피한 경쟁으로 인해 이웃과 친구로부터 우리는 충분히 멀어져 고립되어 있습니다. 토마스 홉스Thomas Hobbes의 말대로 우리는 '만인의 만인에 대한 투쟁 상태'에 빠져 헤어나지 못하고 있습니다.

> 욕망이여 입을 열어라 그 속에서
> 사랑을 발견하겠다
>
> 김수영, 〈사랑의 변주곡〉 중에서

단순하게 생각하면 김수영 시인은 순박해 보입니다. 욕망에서 사랑을 발견하겠다니 얼마나 긍정적인 생각입니까. 다른 한편으로 보면 시인의 생각은 사뭇 도발적입니다. 즉, 시인의 생각은 직설적인 것이 아니라 역설적인 것일 수 있습니다. '욕망에는 사랑이 없다' 혹은 '욕망은 사랑이 아니다'를 드러내는 발상이기도 합니다. 그렇다면 욕망이란 대체 무엇일까요? 이에 대한 논의는 그 결론이 존재하지 않습니다. 다만 채워지지 않는다는 속성에 주목할 수는 있습니다.

우리나라의 대표 애니메이션 중 하나인 김수정 만화가의 〈아기공룡 둘리〉에는 독특한 우주 물고기가 나옵니다. 거대한 머리와 뼈

뿐인 몸통과 꼬리를 가진 이 우주 물고기는 아무리 먹어도 허기를 채울 수가 없습니다. 그래서 지속적으로 먹지만 또한 지속적으로 무기력합니다. 욕망이 채워지지 않기 때문입니다. 사람들이라고 해서 이와 다를 리 없습니다.

트리나 폴러스Trina Paulus의 《꽃들에게 희망을Hope for the Flowers》이란 책에도 인간의 욕망이 얼마나 폭력적이며 반인간적인지 잘 그려져 있습니다. 수많은 애벌레로 이루어진 기둥을 발견한 호랑 애벌레는 기둥의 끝을 향하여 다른 애벌레를 무참히 짓밟으며 올라갑니다. 심지어는 자신이 사랑하는 노랑 애벌레까지 짓밟고 올라갑니다. 그렇게 해서 기둥의 꼭대기에 올라갔으나 거기에는 아무것도 없었습니다. 이 책은 욕망의 덧없음을 넘어서서 욕망의 비윤리성을 보여준 예라고 할 수 있습니다.

자, 그렇다면 먼저 가려고 다투지 않는 물을 생각하지 않을 수 없습니다. 왜 노자도 신영복도 물의 이 특징에 주목했는지 다시 생각해야 합니다. 역설적으로 우리는 너무 오랫동안 그리고 너무 빈번하게 다투고 있고 심지어 다툼을 미화시키기도 합니다. 역사 발전을 위해서 다툼은 필연적이라는 논리도 존재합니다. 그러므로 노자와 신영복은 인간의 오랜 습성을 적나라하게 비판하고 있으며 그로부터 다음과 같이 말하고 있습니다. '다투지 마라. 평화가 길이다.'

모든 사람이 싫어하는 곳에 처하다

낮은 곳에 대해 신영복은 노자의 의견을 따르고 있습니다. 노자도 신영복도 물리적 공간이 아니라 사회적 공간임을 인정하고 있습니다. 모든 사람들이 싫어하는 가장 낮은 곳은 다름 아닌 '민초'입니다. 사회적으로 최하층민인 이들은 살아 있으나 그 존재를 인정받지 못하는 계급입니다. 어디에나 있으나 어디에도 없는 존재로 여겨지는 이들입니다. 신영복은 이곳을 '소외된 곳'으로 명시합니다.

물은 아래로 흐르는 것이 자연의 이치입니다. 세상의 가장 낮은 곳으로 흘러갑니다. 물은 모두가 꺼리는 가장 낮은 이곳을 향하여 가고 또한 거기에 거처합니다. 모두가 외면하고 소외시키더라도 물은 묵묵히 그들을 향해 가서 그들을 품어줍니다. 그들의 생명을 유지시키고 생동하게 만들어줍니다. 그래서 물은 헐벗고 굶주린 자들의 친구였던 예수의 모습을 닮았습니다.

프랑스 빈민의 대부였던 아베 피에르Abbe Pierre 신부의《이웃의 가난은 나의 수치입니다Je voulais etre marin, missionnaire ou brigand》를 보면 우리들은 모두 누군가에게 빚진 삶을 살아가고 있습니다. 우리는 모두 연결되어 있으므로 타인의 행복이든 불행이든 나와 무관하지 않습니다. 만약 내 이웃이 가난하다면 나는 어쩔 수 없이 그의 가난에 연루되어 있는 것입니다. 비록 직접적이지는 않더라도 말이지요. 아베 피에르 신부가 우리에게 전달하고자 하는 메시지는 '이웃의 삶에 동참하라'일 것입니다. 그것만이 수치에서 벗어날 수 있는 길이자 이웃과 더불어 살아갈 수 있는 길인 까닭입니다.

영국에도 세상의 가장 낮은 곳을 향했던 인물이 있습니다. 11세기경 영국 코벤트리의 영주 레오프릭의 부인이었던 레이디 고다이바

Lady Godiva. 그는 남편인 영주가 과도하게 세금을 징수하자 피폐해진 백성들의 삶을 목격하고는 세금 경감을 호소했습니다. 알몸으로 말을 타고 거리를 한 바퀴 도는 조건에도 불구하고 그녀는 과감히 나체로 영지를 나섰습니다. 내가 할 수 있는 가장 낮은 자세를 취할 수 있었던 그녀의 용기는 숭고함 그 자체입니다. 여성으로서 그리고 영주의 부인으로서 쉬운 선택은 아니었을 것입니다. 계급사회에서 귀족으로서의 체면과 명예 그리고 권위는 상상 이상으로 중요한 가치였을 것입니다. 그럼에도 그녀가 나체 시위를 감행한 것은 그것들 이상으로 지켜야만 할 그 무엇이 있었기 때문입니다. 자신을 가장 낮추어 지키고자 했던 것은 다름 아닌 백성들과의 더불어 살아가는 것, 더불어 살아간다는 것의 가치였습니다.

하방연대

연대란 '여럿이 함께'를 의미합니다. 그런데 신영복은 그냥 연대가 아니라 '하방연대'를 주장합니다. '하방'은 연대의 대상이자 방법입니다.

연대론은 이처럼 그 역량이 취약하기 때문에 제기되는 것입니다. 하방연대의 의미는 대기업 노조는 중소기업 노조와 연대해야 하고, 남성 노동자는 여성 노동자와, 정규직은 비정규직과 연대해야 하고, 노동운동은 농민운동, 빈민운동 등 약한 운동 조직들과 연대해야 한다는 뜻입니다. 더 진보적인 사람이 덜 진보적인 사람들과 연대하는 것도 포함됩니다. ······ 연대는 위로 하는 것이 아닙니다. 그것은 추종이고 영합일 뿐입니다. 연대는 물처럼 낮은 곳과 하는 것입니다. 잠들지 않는 강물이 되어 바다에 이르는 것입니다. 바다를 만들어내는 것입니다.

신영복, 《담론》의 〈잠들지 않는 강물〉 중에서

이렇게 보면 신영복이 주장하는 '하방'이 명확해졌습니다. '취약하거나 덜 진보적인' 존재들이 하방입니다. 그들은 '위'가 아니라 '낮은 곳'에 위치해 있습니다. 연대의 대상은 '낮은 곳'이며 '낮은 곳'과의 연대를 통해 바다를 만들어내는 것은 연대의 지향이자 목표입니다. 신영복이 '연대는 전략이 아니라 철학'이라고 주장한 것은 이 때문입니다. 전략을 상황에 따라 수정 가능한 가변적인 것이라고 했을 때 철학은 그렇지 않습니다. 철학은 상수 개념입니다. 언제 어디서나 있어야 할 것이 철학입니다. 따라서 연대는 시대와 공간을 넘어 언제 어디서나 반드시 필요한 것입니다.

연대가 왜 철학인가 하는 이유는 연대의 반대 개념 속에 있습니다. 바로 우리가 흔히 말하고 듣는 '각자도생各自圖生'입니다. '각자가 스스로 제 살 길을 찾는다'는 뜻의 이 말은 중국에서 유래된 고사성어가 아닙니다. 우리의 고전이나 《조선왕조실록》에서 볼 수 있는데,

공교롭게도 임진왜란과 정묘호란 등 전쟁 때이거나 대기근이 발생해 국가적으로 혼란을 겪을 때 어김없이 등장한 단어였습니다. '스스로 알아서 살아남아야 한다'는 절박함이 묻어 있는 이 말에는 누구도 도와줄 수 없고, 누구도 믿을 수 없는 상황이 전제되어 있습니다.

오늘날에는 전쟁이나 기근 때문에 각자도생을 말하지 않습니다. 그보다는 치열한 경쟁 사회의 비정함이 이 말을 여전히 살아 있도록 만듭니다. 앞서 경쟁의 치열성은 이미 살펴보았습니다. 신영복의 하방연대를 이해하기 위해서는 연대가 필요시 되는 이유를 먼저 살펴보아야 합니다. 누가 혹은 무엇이 우리를 경쟁하게 만드는지 살펴보아야 합니다. 우리를 지배하고 있는 것 그리고 우리의 삶을 결정하는 것에서 그 단서를 찾을 수 있습니다. 우리는 우리 스스로 원하든 원하지 않든 공동체의 정치체제와 경제체제 속에 있습니다. 애초 그것은 내 동의를 묻지 않았지만 나를 지배하고 결정하는 것들입니다.

나를 지배하는 경제체제

인간의 소유 욕망을 극대화시킨 것이 자본주의입니다. 노력한 만큼 그리고 일한 만큼 소유할 수 있다는 약속 체계가 자본주의입니다. 누구나 솔깃할 수밖에 없는 자본주의의 치명적 매력입니다. 왜냐하면 '너의 능력껏 가져라, 네가 소유하고 싶은 만큼 노력하라.' 이렇게 받아들여지는 이면에서 사람의 태생적, 환경적 차이가 은폐되기 때문입니다. 사람의 능력과 노력에는 차이가 있게 마련입니다. 자본주의는 본질적으로 소유의 불평등을 내재하고 있습니다. 부자와 빈자가 존재할 수밖에 없고, 소수의 부자와 다수의 빈자들로 구성될 수밖에 없습니다. 빈부 차이는 불가피한 것입니다. 문제는 시간이 흐를수록 소수의 부자는 더 부자가 되고, 다수의 빈자는 더 빈자가 될 확률이 높다는 점입니다. 부자가 탐욕스러워서 그렇다기보다는 부의 증식 방식이 노동에만 국한되지 않기 때문입니다. 즉, 부가 노동이 아닌 자본 자체의 증식으로 더 큰 부로 이어지기 때문에 부를 소유한 자가 그렇지 않은 자보다 더욱 더 큰 부를 축적할 수 있습니다.

영국의 고전 경제학자 애덤 스미스Adam Smith는 다음과 같이 말했습니다.

> 큰 재물에는 반드시 큰 불평등이 따른다. 큰 부자 한 명이 있으려면, 적어도 오백 명의 가난뱅이가 필요하다.
>
> 지그문트 바우만,《왜 우리는 불평등을 감수하는가?》(안규남 옮김, 동녘) 중에서

바우만이 인용한 애덤 스미스의 이 말은 '누군가의 이익은 누군가의 손실에 기초한다'는 것입니다. 극단적으로 보면 부자는 적어도 500명의 소유물을 착취하여 탄생한 존재입니다. 500명의 자발적 헌신이나 희생이 아니라면 애덤 스미스의 말은 이런 식으로 이해해도 무방합니다. 능력껏 일하면 부자가 될 수 있다는 말의 윤리적 함정입니다. 내가 부자가 되기 위해서는 타인이 가난해져야 하기 때문입니다.

파리경제대학 DB에 등록된 OECD 가입국 기준 '세계 상위 소득 데이터베이스' 자료를 보면 우리 사회는 물론 세계 각국의 부의 편중을 확인할 수 있습니다. 우리나라의 경우 99퍼센트의 국민이 87퍼센트 정도의 소득을 점유(상위 1퍼센트의 국민이 13퍼센트 정도의 소득을 점유)하고 있고, 90퍼센트의 국민이 55퍼센트 정도의 소득을 점유(상위 10퍼센트의 국민이 45퍼센트 정도의 소득을 점유)할 만큼 소득 불평등이 아주 극심합니다. 이러한 소득 불평등은 어느 나라를 막론하고 세계적 현상입니다. 약간씩의 편차가 있을 뿐입니다.

신영복의 하방연대는 시대적 요청이라는 생각이 듭니다. 불평등과 불균형을 바로잡을 수 있는 하나의 대안으로 말이지요. 정상적이지 않은 사회 현실을 개선하고 소외된 다수를 사회의 정당한 주체로 세우기 위해서 말이지요.

약한 것이 강한 것을 이긴다는 노자의 선포가 바로 이 하방연대의 이유입니다. 세상에는 강자보다 약자의 수가 많은 법입니다. 강자의 힘이 약자로부터 나오기 때문에 강자가 약자보다 많을 수 없습니다. 약자의 힘은 일차적으로 바로 이 양적 다수多數에서 나옵니다. 낙숫물이 댓돌을 뚫습니다. 댓돌은 하나지만 그 위에 떨어지는 낙숫물은 100년 200년입니다. 다수가 힘이라는 것은 그 자체가 정의正義이기 때문입니다. …… 다수가 정의라는 사실이 바로 민주주의입니다.

신영복, 《담론》의 〈잠들지 않는 강물〉 중에서

'양적 다수'인 약자들의 세계에 대한 신영복의 애정은 놀라울 정도입니다. 다수가 힘이요, 정의이며 곧 민주주의라는 그의 논리는 다수의 약자들을 위한 애정이자 신뢰요, 낙관입니다. 댓돌에 떨어지는 낙숫물 같은 다수의 약자들. 그들은 온 힘을 다하여 100년, 200년 댓돌을 뚫기 위해 멈추지 않고 낙하합니다. 그리하여 끝내는 댓돌에 구멍을 뚫습니다. 이것이 신영복이 믿는 다수의 힘이요, 정의이며 민주주의입니다.

그럼에도 불구하고 미래를 낙관하는 것이 이르다는 생각이 듭니다. 자본주의의 영향 속에서 자본주의가 요구하는 인간상으로 살아가는 데 너무 익숙해진 탓입니다. 비교와 경쟁에 익숙하고 소유와 소비에 익숙합니다. 자본주의를 극복해야 한다고 생각은 하지만, 극복할만한 묘책을 구상하기가 어렵습니다. 자본이 던져주는 꿀맛에 우리는 적당히 취해 있기 때문입니다.

미국의 문학 작가 허먼 멜빌Herman Melville은 우리에게 〈백경Moby Dick〉의 작가로 알려져 있는데요. '바틀비 현상'으로까지 불릴 만큼 위대한 명작의 반열에 오른 그의 단편소설 〈필경사 바틀비Bartleby, the scrivener〉에서 멜빌은 주인공 바틀비의 입을 빌어 말합니다. 'I Would Prefer Not To.'

필경사 바틀비는 변호사 사무실에서 문서를 베끼는 일을 하는 노동자입니다. 필경사는 직업 이름으로 오늘날의 복사기와 같은 일을 하는 사람입니다. 그는 누구보다 성실한 사람이었으나 어느 날부터 'I Would Prefer Not To.'를 선언합니다. 그리고는 아무 일도 하지 않습니다. 일종의 태업이거나 파업입니다.

이 문장에 대해서는 여러 종의 번역이 존재합니다. 그 가운데 저자의 의도를 가장 잘 살린 번역은 '나는 그렇게 안 하는 편을 선호합니다'가 아닌가 싶습니다. 왜냐하면 '선호'라는 말을 배제하고 이 소설 전체를 설명할 수가 없기 때문입니다. 억지스런 번역문 같아도 원문의 취지를 가장 잘 살린 표현입니다.

그렇다면 '선호'라는 말은 왜 중요할까요? 선호라는 말에는 '이익을 취하고 손실을 버린다'는 의미가 내포되어 있습니다. 이를 자본주의적 합리성이라고 부릅니다. 그러니까 자본주의에서 말하는 합리성에는 이익을 추구한다는 말이 들어 있는 것입니다. 이렇게 보면 바틀비가 부정한 것은 자본주의적 합리성입니다. 노동 자체가 아니라 자신을 이익의 도구로 여기는 현실을 비판하고 있습니다. 그는 인간은 경제적 도구가 아니라고 선언하고 있습니다.

그런데 같은 공간에서 노동을 하는 나머지 필경사들은 바틀비를 이해하지 못합니다. 당장에 급한 자신들의 현실이 있기 때문입니다. 여기에 자본주의의 작동 원리가 있습니다. 여기에 신영복이 왜 연대를 중요하게 여기는지 그 이유가 있습니다.

자본주의는 사람들을 흩어 놓습니다. 이름하여 분업 시스템입니다. 각자 제 할 일만 하게 만듭니다. 굳이 곁에 관심을 둘 이유도 여유도 없습니다. 여기서 합리적 무관심이 발생합니다. 또한 사람들을 직업과 직종에 따라 분리시키고 분할시키며 같은 직종이라도 임금체계에 따라 분열시킵니다. 거기에서 비교가 발생하고 경쟁이 자연스럽게 자라납니다. 동료 간의 신뢰는 애초에 싹도 자랄 수 없습니다. 모두가 경쟁자이자 잠재적 적이기 때문입니다. 비교와 경쟁 시스템은 국가, 회사, 학교 심지어 가정에까지 침투해 있습니다. 특히 교육 현장에도 그대로 흡수되어 유치원부터 초·중·고·대학까지 근 20년 동안 비교와 경쟁을 당연한 논리로 가르치고 배우고 있습니다. 그러는 동안 우리는 '연대'의 목소리를 잃어버렸습니다. 연대는 비효율적이며 귀찮고 불편하다는 의식 곁에서 '선의의 경쟁'이란 말은 잘도 자랐습니다. 요상한 단어 조립으로 경쟁 앞에 선의를 붙여 경쟁을 미화하면서 우리는 불가피하게 서로를 경계하고 의심하고 있습니다. 공공연하게 '우정은 없다, 친구도 없다, 닥치고 공부나 하자'는 말을 듣게 되어버렸습니다.

언론에 보도된 '이웃과의 유대감 인식 변화(2016)'라는 자료를 보면, '이제 고민을 나눌 이웃도 없어졌구나. 내가 어려움에 처해도 도움의 손길을 기대하기가 점점 어려워지는구나.' 이런 생각이 듭니다. 해가 갈수록 '이웃에게 고민거리를 나눌 수 있다고 응답한 비율'은 급격히 줄어들고, '위급 상황 시 이웃의 도움 제공에 대한 기대감' 항목에서도 부정적인 평가가 늘어나고 있습니다. 믿을만한 이웃이 없다는 말이 괜한 말은 아니구나 싶습니다.

한편, 언론에 보도된 다른 자료인 '한국의 더 나은 삶 지수(2015)'를 보면 유난히 아프게 빛나는 한 지점에서 눈을 뗄 수가 없습니다. 바로 공동체 지수 항목인데, '0점'이었습니다. 처음 이 자료를 보고 믿기 어려웠습니다. 조사 기관은 공신력이 있는지, 조사 표본과 기준은 공정했는지 합리적 의심을 먼저 했습니다. '내게 이웃이 있나? 나는 누구의 이웃인가'를 되물으면서도 이런 현실을 받아들이기 힘들었습니다.

그래서 신영복의 주장은 힘이 있고, 큰 울림을 남깁니다. 물은 하방으로 내려가면서 그냥 가는 것이 아닙니다. 만물을 성장시키고 다양하고 풍요로운 풍경을 만듭니다. 하방은 힘없는 다수의 세계입니다. 물은 하류로 가면서 이 힘없는 다수를 연대시키고 성장시키고 살려냅니다. 신영복은 이 다수에 주목할 뿐만 아니라 다수에 대한 무한 신뢰를 보여줍니다. '다수 = 정의 = 민주주의'라고 선언할 정도입니다. 그에게 다수는 단순한 힘의 논리가 아닙니다. '다수는 정의요, 곧 민주주의입니다.' 한 걸음 더 나아가 '연대는 평화입니다.' 물의 흐름을 따라 서로 다르고 다양한 것들의 공존의 생태계가 펼쳐지기 때문입니다. 따라서 하방연대야말로 자본주의의 합리성과 비교와 경쟁을 극복할 수 있는 유일한 대안입니다. 연대 없이 뿔뿔이 흩어져 각자도생하는 외로운 개인들이 아니라, 나날이 더 파편화되어 서로에게 더 날카로운 흉기가 된 개인들이 아니라 하방으로 내려가서 바다가 되어 모든 것을 다 '받아'주는 연대, 연대는 수백 번을 강조해도 아름다운 말입니다. 신영복의 말대로 '연대는 전략이 아니라 삶의 철학'이기 때문입니다.

9

변 방

변화와 창조의 세계

邊
方

변화를 위해서는 우선 나 자신을 변방에 세워야 한다.
마이너리티, 즉 소수자의 입장에 서라.

신영복, 《변방을 찾아서》 중에서

탈주를 위하여

사람들은 누구나 중심에 서고자 합니다. 주변으로 밀려나는 것을 싫어합니다. 그것은 본능입니다. 중심을 성공과 연결한다면 주변은 실패를 의미하기 때문입니다. 중심은 권력이요, 특권을 상징합니다. 사람들이 중심으로 향하는 이유입니다. 그런데 중심은 좁고 적으며 주변은 넓고 많습니다. 오늘날과 같은 과도한 경쟁 시스템이 구축된 것은 필연적입니다. '변방에 서라'는 신영복의 주장은 이러한 상식적 현실에 대한 부정이자 대안을 찾자는 요구입니다.

> 변방을 공간적 개념으로 이해하는 것은 변방에 대한 오해이다. 누구도 변방이 아닌 사람이 없고, 어떤 곳도 변방이 아닌 곳이 없고, 어떤 문명도 변방에서 시작되지 않은 문명이 없다. 어쩌면 인간의 삶 그 자체가 변방의 존재이기도 하다. 그런 점에서 변방은 다름 아닌 자기 성찰이다.
>
> 신영복, 《변방을 찾아서》 중에서

중심의 유혹과 매력은 뿌리치기 힘듭니다. 한편으로 보면 위험하기 짝이 없는 세계입니다. 영원한 중심은 없기 때문입니다. 중심은 중심을 유지하는 데만 온 힘을 쏟아붓습니다. 신영복의 주장처럼 변화를 거부하는 교조적 사회입니다. 이런 사회는 중심의 유지가 최고의 덕목입니다. 질서를 강조하고 규칙을 강조하는 매뉴얼 사회입니다.

신영복의 '변방' 예찬은 이런 점에 기반을 두고 있습니다. 중심의 논리가 사람을 가두고 갇히게 만드는 것인데 반하여 변방은 '자유'의 세계입니다. '변방성이자 변방 의식'입니다. 공간 개념이 아니므로 애써 지도에서 찾을 필요도, 찾을 수도 없는 세계입니다.

앞서 인용한 글에서 신영복은 인간의 삶 그 자체를 변방이라고 했는데, 그것은 무엇을 의미할까요? 변방이 자기 성찰이라는데 그것은 무슨 의미일까요? 중심이 고정적이고 경직되어 있다면 변방은 가변적이고 유연합니다. 언제나 변화의 씨앗을 품고 있는 세계가 변방입니다. 따라서 인간의 삶 그 자체가 변방이라는 논리는 인간의 삶은 유동적이고 가변적인 상태, 즉 변화 가능성을 내재하고 있다는 뜻이 됩니다. 변방을 자기 성찰이라고 하는 이유는 변방이 끊임없이 회의하고 의심할 수 있는 의식의 자유 상태이기 때문입니다. 지배적 이념에 억압되어 있거나 갇혀 있지 않은 '탈주脫走'의 세계가 변방이기 때문입니다.

신영복의 줄기찬 주장 가운데 하나는 '탈근대'입니다. 21세기에 무슨 시대착오적 소리냐 할지도 모릅니다. 4차 산업 시대임을 감안하면 조금 생뚱맞다고 할 수도 있습니다. 우리는 명실상부한 현대인이고 시대적으로도 현대에 살고 있으니까요. 그러나 의식과 관념은 근대에 머물러 있거나 그보다 더 먼 봉건적 사유를 하는 사람도 적지 않습니다.

근대의 시작은 환상적이었습니다. 우선 철학에서는 '나는 회의(의심, 생각)한다. 고로 나는 존재한다.'는 데카르트적 사유가 있었습니다. 근대 철학의 아버지라 불리는 프랑스의 철학자 데카르트^{René} ^{Descartes}의 이러한 사유가 중요한 이유는 '나'의 존재 방식 때문입니다. 근대 이전의 중세 사회에는 '나'라는 개념이 없었습니다. '나'는 근대의 산물입니다. 중세의 '나'란 신의 소유물이었을 뿐입니다. 근대 이후 신으로부터 독립된 '나'라는 인식이 가능해졌습니다. 물론 완전한 독립이라고 할 수는 없습니다. 나의 존재의 근거를 나의 생각에 두었던 데카르트도 '나'의 존재 유무를 증명해주는 존재를 신이라고 했기 때문입니다.

다음으로 새로운 경제체제인 자본주의가 등장하였습니다. 토지 소유가 중요했던 중세 봉건사회에서 자본과 기술의 소유가 중요해진 자본주의로 변화한 것입니다. 대량생산이 가능해졌으며 생산과 소비가 촉진되었고 이전보다 물질적으로 풍요로워졌습니다. 무엇보다 자본주의는 사람들에게 '자기 소유'에 대한 환상을 심어주었습니다. 봉건 영주에게 종속되지 않을 수 있다는 믿음이 생겨난 것입니다.

정치적으로는 '시민'이 출현하였습니다. 독립적이고 자주적인 시민들은 개인의 자유가 그 무엇보다 중요하다는 인식을 확산시켰습니다. 이를 바탕으로 자신의 능력과 노력에 따라 자신의 사회적 지위를 결정할 수 있다는 믿음이 가능해졌습니다.

이렇게 보면 근대는 매우 매력적인 사회임이 틀림없습니다. 그럼에도 신영복은 '탈근대'를 주장합니다. 그의 주장은 근대가 초래한 각종 병폐와 무관하지 않습니다. 근대에 대한 그 어떤 미사여구도 근대가 저질로 놓은 문제들 앞에서는 초라한 단어에 지나지 않습니다.

근대는 제국주의 시대이고 식민지의 시대였습니다. 강한 나라가 약한 나라를 약탈하고 지배하는 시대였으며, 이성의 이름이 무색할 만큼 살육과 전쟁이 끊이지 않았습니다. 민족국가 중심주의와 전체주의에 뿌리를 둔 두 차례의 세계대전이 있었으며, 선진 자본주의국가에 의한 약탈 경제가 구축되었습니다. 선진국은 지속적으로 발전하고 그 외 국가는 선진국의 자원을 조달하는 후진사회로 전락하였습니다. 따라서 신영복의 '탈근대'는 특정 국가, 특정 이념, 특정 체제 중심주의에 대한 반대이자 이성 중심주의에 대한 반성을 의미합니다. 지배와 종속이 아닌 상생과 공존의 필요성에 대한 역설입니다.

중심에 갇히지 않는 자유

신영복은 '탈정'과 '탈문맥'을 강조해 왔습니다. 기존의 논리와 사고 체계에서 벗어나야 창조가 가능하다고 보았기 때문입니다. 신영복 사상은 변화를 통한 창조를 향해 있습니다. 공부를 통해 당대의 문맥을 뛰어넘는 변화와 창조적 실천을 강조하였고, 변화와 창조는 중심부가 아닌 변방에서 이루어짐을 강조하였습니다.

중심은 당대의 지배 질서입니다. 지배 권력의 이데올로기입니다. 입법, 사법, 행정은 물론 자본과 교육 등 모든 것이 집중된 세계입니다. 중심은 변화보다 현상 유지의 성격이 강합니다. 변화는 혼란일 뿐입니다. 그러나 영원한 중심은 없습니다. '권불십년權不十年, 화무십

일홍花無十日紅'이라 했습니다. 즉, 아무리 강력한 권력도 10년을 이어 가기 어렵고, 아무리 화려하고 아름다운 꽃도 10일을 넘기지 못한다 하였습니다. 모든 권력은 바뀌게 마련입니다.

　독일 관념론의 완성자인 철학자 헤겔Georg Wilhelm Friedrich Hegel의 '주인과 노예의 변증법'은 여기에 적합한 논리입니다. 지배자인 주인 과 지배를 받는 노예의 관계는 불변하는 법칙이 아닙니다. 어느 시점 에 이르면 역전될 수밖에 없습니다. 왜냐하면 지배자인 주인은 노예 에게 잘 보일 하등의 이유가 없지만, 노예는 주인에게 인정받기 위하 여 부단히 노력해야 합니다. 이 과정에서 주인은 노력 없이 결과를 향 유할 뿐입니다. 이에 반해 노예는 끊임없는 자기 노력을 통해 주인에 게 인정받을 뿐만 아니라 자립성을 갖추게 됩니다. 결과적으로 주인 은 자기 지위를 유지하기 위해 노예에 의존하게 되지만 노예는 자립 적 의식을 획득하게 됩니다. 이렇게 주인과 노예의 관계는 역전되는 것입니다. 이러한 헤겔의 논리는 영원한 중심이 없듯 영원한 주변도 없다는 것을 의미합니다.

　중심에 대한 다른 견해도 있습니다. 김지하 시인의 〈중심의 괴로 움〉을 보면 중심의 상대성을 확인할 수 있습니다.

봄에
가만 보니
꽃대가 흔들린다

흙 밑으로부터
밀고 올라오던 치열한
중심의 힘

꽃피어
퍼지려
사방으로 흩어지려

괴롭다
흔들린다

나도 흔들린다

내일
시골 가
가
비우리라 피우리라

김지하, 〈중심의 괴로움〉

시인은 말합니다. '중심은 흔들린다.' 여기서 흔들림은 '퍼지려,
사방으로 흩어지려'는 끊임없는 움직임을 말합니다. 이 움직임은 자
신을 비우고 난 뒤의 피움으로 연결됩니다. 즉 흔들리고 비워서 새로

운 생명을 피워내는 것입니다. 그런데 중심은 하나가 아니라 여럿입니다. 꽃대만큼 아니, 생명의 수만큼의 중심이 있습니다. 오직 하나뿐인 중심이 아니라 존재하는 모든 것이 중심이라는 논리입니다. 중심은 절대적인 것이 아니라 상대적입니다.

　노자는 '중심은 비어 있다. 비어 있어야 쓸모가 있다'는 논리를 펼칩니다. 비어 있다는 것은 곧 채워질 것임을 전제하고, 차 있다는 것은 곧 비워질 것임을 전제하는 것이기도 합니다.

　　서른 개의 바퀴살이 바퀴통에 연결돼 있어도 중심인 바퀴통이 비어 있어야 수레가 된다. 찰흙을 빚어 그릇을 만들어도 비어 있어야 쓸모가 있다. 창과 문을 내어 방을 만들어도 비어 있어야 쓸모가 있다. 그런 고로 사물의 존재는 비어 있음으로 쓸모가 있는 것이다.

　　　　　　　　　　　　　　　　노자, 《도덕경》의 제11장 중에서

　앞서 우리는 중심에 대한 의심과, 중심의 상대성을 가장 잘 설파한 사람으로 조선 후기 실학자 홍대용에 대해 논의하였습니다. 홍대용이 살던 시대는 중국을 중심으로 하는 '화이론'을 진리처럼 여기고 있었습니다. 화華는 세계의 중심인 중국을 의미하고, 이夷는 중국의 주변 국가로 오랑캐를 의미합니다. 이러한 세계관에 의심을 품은 홍대용은 '역외춘추론'을 통해 중국이 천하의 중심이 아니라 내가 있는 곳이 세계의 중심임을 주장합니다. 역域은 중국을 의미하고 외外는 중국 이외의 지역을 의미합니다. 물론 춘추春秋는 역사를 의미하므로 역외춘추론은 중국 이외 지역에도 역사는 존재한다는 논리가 됩니다. 중국의 역사만이 역사가 아니라는 주장입니다. 홍대용은 역외춘추론을 통해 지구상의 모든 국가와 민족, 지역이 그 자체로 세상의 중심임을 천명한 것입니다.

당대의 지도들을 보면 중심에 중국이 있고 그 사방으로 오랑캐라 불리는 이민족들(서융西戎-위구르, 남만南蠻-베트남, 북적北狄-몽골)이 둘러싸여 있습니다. 중국에서 한국, 일본, 만주 등의 민족을 낮잡아 이르던 '동이東夷'라는 것도 알고 보면 동쪽의 오랑캐라는 뜻입니다. 동이란 중국 중심 논리에 따른 명명이지 우리 민족의 정체성과는 무관합니다.

중심에 대한 홍대용의 의심은 여기서 멈추지 않습니다. 그는 지구가 우주의 중심이 아니라는 무한우주설無限宇宙說을 주장합니다.

뭇 별들은 각각 하나의 세계를 갖고 있고, 끝없는 우주에 흩어져 있는데 오직 지구만이 중심에 있을 순 없다. 지구는 한없이 넓은 우주의 한 천체일 뿐이다.

홍대용, 《의산문답》 중에서

이 같은 무한우주설은 지구가 우주의 중심이 아니라는 '탈脫지구 중심적 사고'입니다. 그는 모두가 세계의 중심이라는 주장을 통하여 당대의 지배적 세계관인 중국 중심주의를 부정한 것입니다.

중심에 대한 의심 가운데 그의 진보적인 면모를 드러내는 것이 있습니다. '인물균론人物均論'이 바로 그것입니다. 그는 '사람과 만물은 동등하다'고 주장합니다. 사람과 만물이 동등한지는 오늘날에도 여전히 논쟁거리입니다. '하늘의 입장에서 보면 사람과 만물은 모두 동등한 가치를 지닌 존재이다. 그런데 인간의 관점에서 만물을 보기 때문에 인간이 중심이고 만물이 주변이다.' 이러한 그의 주장은 인간 중심적 사고에 대한 부정이자 반성입니다.

홍대용의 생각은 신영복의 '탈문맥', '탈정'과 닮아 있습니다. 신영복이 기존의 지배 이데올로기에서 벗어나 새로움을 창조하자는 논리를 편 것처럼 홍대용 또한 18세기의 지배 이념을 넘어서고자 한 것입니다. 실제로 홍대용은 18세기의 지배적 관념인 중국 중심주의와 지구 중심주의 그리고 인간 중심주의라는 문맥을 뛰어넘은 인물입니다.

세계 전도를 펼쳐보면 어디가 세계의 중심일까 하는 궁금증이 생깁니다. 지구는 둥급니다. 둥근 구에서 중심은 존재하지 않습니다. 모두 각자가 있는 곳이 중심입니다. 물론 정치·경제적으로 보면 이야기는 달라집니다. 이는 지배의 논리이기 때문에 중심과 주변의 이분법은 불가피합니다. 그랬을 때 세계는 유럽 중심으로 편재되어 있습니다.

한곳에 오래 머물면 그곳이 마치 세계의 중심이라는 생각에 빠지기 쉽다고 했습니다. 21세기는 신자유주의 체제입니다. 우리의 생각도 행동도 신자유주의적 가치의 지배를 받습니다. 심지어 종교도 학문도 예외는 아닙니다. '더 큰 이익'을 강조하고 '더 많은 이익'을 강조합니다. 이 과정에서 신자유주의는 최고 가치로 효율성과 합리성을 내세웁니다. 적은 노력으로 보다 많은 이익을 얻는 것이 미덕입니다. 국가든 기업이든 그래서 더 많은 부의 축적을 지상 과제로 삼습니다. 여기에 어떤 가치도 개입될 수 없습니다. 이익은 곧 선의 다른 이름이기도 합니다. 여러 해 전에, '여러분, 부자 되세요.'라는 광고가 히트를 친 것이나, 건물주가 꿈이라는 요즘 청소년들을 보고 있으면 신자유주의가 우리의 의식과 행동에 얼마나 깊숙이 스며 있는지 알 수 있습니다.

'돈(자본)은 분뇨와 같다. 쌓여 있으면 악취를 풍기고 뿌려지면 흙을 기름지게 한다.'고 러시아의 대문호이자 사상가인 톨스토이Lev Nikolaevich Tolstoy가 말했습니다. 어느덧 세계는 자본이 중심이 되었습니다. 모든 것은 자본으로 흘러갑니다. 생각도 삶도 꿈도 모두 자본의 포로가 되었습니다. 자본 없이는 아무것도 할 수 없다는 무력감도 있고, 자본만 있다면 그 무엇도 가능하리라는 기대도 있습니다. 자본이 우리들의 삶을 쥐락펴락하고 있습니다. 오죽 했으면 '돈으로 살 수 없는 것들'에 대한 책도 출간되고, 대학 입시에서 '돈보다 가치 있는 것은 무엇인가?'를 묻기에 이르렀을까요. 이러한 세태는 돈보다 더 귀하고 가치 있는 것이 있다는 믿음, 그러한 신념을 버리고 싶지 않다는 발악일지도 모릅니다. 그래서 톨스토이의 말은 되새겨봄 직 합니다. '쌓이면 악취를 풍기지만 골고루 뿌려지면 생명을 성장시킨다'는 그의 생각을 통해 자본 중심의 가치에서 벗어날 수 있는 아이디어를 얻을 수 있으면 좋겠습니다.

앞서 얘기한 박제가의 '우물론'과 톨스토이의 말을 결합하여 다음과 같이 바꾸어놓고 싶습니다.

'재물은 일정한 속도로 계속 퍼내어 세상에 골고루 나누면 더 가치 있는 재물이 되고, 퍼내지 않으면 악취를 풍기거나 사람과 세상을 썩게 만든다.'

변방 – 창조의 공간

《변방을 찾아서》에서 나는 변방이 창조 공간이란 주장을 합니다. 기존의 틀 속에 갇히지 않고 지배 이데올로기로부터 상대적으로 자유로운 공간이기 때문입니다. 변방은 탈근대 담론이 공유하고 있는 주제이기도 합니다. 알랭 바디우의 소수자 되기, 에드워드 사이드와 중국 최초 노벨문학상 수상자인 가오싱젠의 '추방'도 같은 맥락의 개념들입니다. 사이드는 지식인을 '스스로를 추방하는 사람'으로 규정합니다. 가오싱젠은 추방은 독립이고 독립이 자유라고 합니다.

신영복, 《담론》의 〈비극미〉 중에서

신영복의 변방은 변화와 창조의 세계입니다. 프랑스의 철학자 알랭 바디우Alain Badiou가 말하는 '소수자 되기'가 변방과 어떻게 연결될지 궁금합니다. 미국의 문명비판론자 에드워드 사이드Edward Said의 '추방'의 논리도 변방과 어떻게 같은 맥락인지 이해할 필요가 있습니다. '소수자 되기'는 사실상 수적數的 '다수'를 전제하고 있습니다. 따라서 '소수자 되기'는 다수의 편이 아니라 소수의 편에 서보라는 권고가 됩니다. 가령, '소수자' 가운데 성적 소수자가 있습니다. 우리 사회는 다수의 이성애를 정상으로 이해하고 소수의 동성애자를 비정상으로 배제하는 논리가 일반화되어 있습니다. 알랭 바디우는 성적 다수자인 이성애자들을 향하여 성적 소수자인 동성애자와 양성애자의 입장에 서서 그들을 인간으로서 동등하게 이해하고 수용하라는 것입니다. 이는 어디까지나 이성애만이 정당하고 진리라는 교조적 중심 논리에서 벗어났을 때 변화와 창조의 변방 정신을 실천할 수 있다는 논리입니다. 가오싱젠과 사이드의 '추방' 개념과 신영복의 '변방'은 '자유'라는 공유지가 있습니다. 지식인을 가리켜 '스스로를 추방하는 사람'이라고 했는데, 이는 지식인의 숙명에 관한 것으로 보입니다. 지식을 만들되 그 지식에 안주해서는 안 된다는 논리인 것이죠. 주지하다시피 지식인은 당대의 지배적 이념을 부단히 파괴하는 존재입니다. 따라서 '추방'은 지식인으로서 기존의 지식과 관념에 저항하고 기존 논리에 안주하려는 의식에서 벗어날 것을 주문한 것이 아닌가 합니다.

　　신영복 사상의 목적지는 '더 나은 공동체'입니다. 여럿이 함께 공생 공존할 수 있는 공동체를 만드는 것이 신영복의 꿈입니다. 더 나은 공동체는 다수의 논리만으로 구성될 수 없습니다. 다양한 구성체로 구성되었을 때 공동체는 건강할 수 있습니다. 소수의 견해의 수용과 포용은 물론 현재에 안주하지 않으려는 자기 추방의 의식이 있을 때 더 나은 공동체는 실현 가능할 것입니다.

변화와 창조는 '더 나은 공동체'를 위하여 요구되는 가치입니다. 현재를 변화시켜서 '더 나은 공동체'를 창조하는 것이 신영복의 염원입니다. 그는 변방을 변화와 창조를 위한 최적의 장소라고 강조합니다. 변방은 기존의 틀에 갇히지 않고 지배 이데올로기로부터 상대적으로 자유롭기 때문입니다. 그런데 그는 변방을 칭송하기에 앞서 변방의 한계를 먼저 생각합니다. 자칫 변방이 중심에 종속될 수 있음을 경계한 것입니다.

실제로 우리의 경우, '서울공화국, 서울민국'이라고 불릴 만큼 거의 모든 것이 서울에 집중되어 있습니다. 입법, 사법, 행정 기관은 물론 문화, 병원, 교육 시설 등 대부분이 서울에 편재되어 있습니다. 이러한 서울 중심 논리를 비판하고 있는 '비상식적인 지도'가 있습니다. 남한 영역 가운데 서울을 제외한 지역을 모두 지워버린 이제석의 '신대한민국전도'는 서울 중심의 현실을 압축적으로 비판한 광고입니다. 이러한 문제는 오늘날의 문제만은 아닙니다. 가령, '사람은 서울로 보내고 말은 제주로 보내라'는 말이나 '모로 가도 서울만 가면 된다'는 말도 서울 중심을 드러내고 있습니다. '서울과 지방'이라는 이분법적 표현 역시 서울을 중심에 두는 논리입니다.

파리가 곧 프랑스이듯이, 서울이 단순히 대한민국의 최대 도시가 아니라 서울이 곧 한국이었다.

그레고리 헨더슨*Gregory Henderson* (주한 미국대사관 문관, 1960년)

서울이 한국의 중심이라는 논리는 세계의 중심이 중국이라는 논리와 다르지 않습니다. 문제는 이러한 논리 속에서 변방 혹은 지방으로 불리는 세계가 위축되고 서울에 종속되어 왔다는 점입니다. 신영복은 변방이 창조적 공간이 되려면 변방성을 유지해야 함을 주장합니다. 그것은 '중심에 대한 콤플렉스가 없는 것'입니다.

그러나 우리가 결코 잊어서는 안 될 가장 결정적인 전제가 있다. 변방이 창조적 공간이 되기 위해서는 콤플렉스가 없어야 한다는 것이다. 중심부에 대한 열등의식이 없어야 하는 것이다. 중심부에 대한 콤플렉스를 청산하지 못하는 한, 변방은 그야말로 '변방'에 지나지 않는다. 중심부에 대한 허망한 환상과 콤플렉스를 청산하지 못하는 한, 변방은 중심부보다 더욱 완고하고 교조적인 틀에 갇히게 된다. 조선 시대의 성리학이 그렇다. 소중화小中華라는 교조적 틀에 갇혀 결국 시대의 조류에서 낙후되었던 역사가 그렇다. 그러한 콤플렉스는 지금도 다르지 않다. …… 열등감과 콤플렉스가 사회 문화 속에 구조화되어 있는 경우라면 최소한 그 사회는 주체적이고 창조적인 목표를 세우지 못한다. 참으로 심각한 문제가 아닐 수 없다. 우리가 할 수 있는 최대치는 우리가 어떤 콤플렉스를

가지고 있는가를 깨닫는 일이다. 유일한 위로라면 그러한 자
각이 그나마 가능한 공간이 바로 변방이라는 사실이다.

신영복, 《변방을 찾아서》 중에서

신영복이 강조한 바에 따르면 변방이 창조적 공간이 될 자격은
'중심에 대한 콤플렉스가 없는 것'입니다. 자꾸 중심을 모방하거나
중심을 닮아가려는 것은 중심에 종속되는 결과를 낳을 것입니다. 중
심은 권위적이며 규정적이고 경직된 세계입니다. 반면 변방은 탈권
위적이며 자유롭고 비규정적이며 유연한 세계입니다. 이를 노자와
연계하여 해석할 수도 있습니다. 노자는 《도덕경》 제36장에서 '유약
승강강柔弱勝剛強 (부드러움이 단단함을 이긴다)'고 하였습니다. 부드러
움은 변방에, 단단함은 중심에 견줄 수 있습니다. 즉 부드러움은 변
방의 자유분방함이며, 단단함은 중심의 권위적이고 경직됨을 이릅
니다. 따라서 신영복과 노자의 논리를 융합하면 '변방의 자유분방함
이 중심의 경직됨을 이긴다'에 이르게 됩니다.

사람도 이와 다르지 않습니다. 상대방에 대한 콤플렉스를 가진
사람은 발전할 수 없습니다. 삶의 중심이 자신에게 있지 않고 자기
의 바깥에 있기 때문입니다. 중심이 바깥에 있으면 바깥의 변화에 따
라 끊임없이 흔들려야 합니다. 이렇게 되면 나와 다른 것을 비교하게
되어 있고 비교는 우리를 비극으로 몰아갑니다. 내가 존재할 수 없게
만들어버립니다. 왜냐하면 비교라는 말 안에는 우월감과 열등감이
들어 있기 때문입니다. 여기서 우리는 헤르만 헤세의 말에 귀 기울일

필요가 있습니다. "인생에서 중요한 일은 다만, 자기에게 지금 부여된 일을 한결같이 똑바로 나아가고 그것을 다른 사람들의 길과 비교하지 않는 것이다."라는 헤세의 말처럼 우리가 할 일은 비교하지 않는 것이며 오직 자기에게 지금 부여된 일을 똑바로 해내는 일입니다. 비교는 모든 콤플렉스의 원천입니다.

신영복은 '우리가 할 수 있는 최대치는 우리가 어떤 콤플렉스를 가지고 있는가를 깨닫는 일'임을 강조합니다. 콤플렉스를 열등감으로만 귀결시키지 않습니다. 그는 열등감 콤플렉스 못지않게 우월감 콤플렉스에 주목하고 있습니다. 변화와 창조는 열등감 콤플렉스만이 아니라 우월감 콤플렉스에서도 벗어나야 가능함을 주장합니다. 이를테면 소수자에 대한 우월 의식, 단일민족이라는 우월 의식, 학력과 재산에 따른 우월 의식. 그 모든 종류의 우월감으로부터 벗어나는 것, 이것이 변화와 창조의 출발임을 잊지 않습니다. 따라서 우리에게 필요한 지혜는 상대방에게 콤플렉스를 느끼지 않는 것과 함께 상대방에게 우월감을 갖지 않는 태도입니다. 다시 말하면 자신의 존재에 대한 자존감을 갖되 다른 존재에 대해 존중하는 일입니다.

> 변방 의식은 세계와 주체에 대한 통찰이며, 그렇기 때문에 변방 의식은 우리가 갇혀 있는 틀을 깨뜨리는 탈문맥이며, 새로운 영토를 찾아가는 탈주脫走 그 자체이다. 변방성 없이는 성찰이 불가능하다. 이것이 세상에서 생명을 부지하는 하나의 생명체로서도 그러하고, 집단이든 지역이든 국가나 문명의

경우든 조금도 다르지 않다. 스스로를 조감하고 성찰하는 동안에만, 스스로 새로워지고 있는 동안에만 생명을 잃지 않는다. 변화와 소통이 곧 생명의 모습이다.

신영복, 《변방을 찾아서》 중에서

앞서 논의한 것처럼 변방은 기존의 틀에 갇히지 않고 지배 이데올로기로부터 상대적으로 자유로운 공간입니다. 따라서 변화가 일어나기에 안성맞춤인 세계입니다. 신영복의 주장처럼 변방에는 사회를 변화시키고 발전시킬 원동력과 잠재력이 있습니다. 한 사회를 좀 더 나은 사회로, 좀 더 발전된 역사로 만들어낼 수 있는 구심점이 변방입니다. 새로운 역사는 언제나 '변방'에서 시작되었습니다. 따라서 '변방'은 단순히 공간적 개념이 아닙니다. 물리적인 주변부를 의미하지 않습니다. 변방은 '변방성', '변방 의식'의 의미입니다. 경직되고 관료적인 중심과 달리 변방은 변화와 소통의 공간입니다. 신영복은 여기서 한 걸음 더 나아가 변방을 생명과 연결 짓는 것을 주저하지 않습니다.

신영복의 '변방은 곧 변화와 창조의 공간'이며, '변방 = 변화 = 생명' 의식입니다. 그는 변방이 생명을 창조하고 변화시키는 공간임을 나무의 삶에 견주어 말합니다. '살아 있는 나무는 꽃을 피우고 열매를 맺으며 계속 변화한다. 변화하지 않는 나무는 죽은 나무다.' 이는 곧 '변화 = 생명', '무변화 = 죽음'을 의미합니다. 나무가 생명을 유지하고 지속적으로 변화할 때, 그리고 나무 스스로가 스스로를 변화시켜 새로워지려는 동안에만 나무는 나무입니다. 따라서 '나무 = 변방'으로 보면 변화하는 변방은 생명 창조의 공간입니다.

　신영복은 여기에 인류 문명사를 결합하여 변방의 창조성 사례를 제시합니다. 인류 문명 역시 변방의 역할에 근거해 발전해 왔음에 주목한 것입니다.

> 인류사는 언제나 변방이 역사의 새로운 중심이 되어 왔다. 역사에 남아 사표가 되는 사람들 역시 변방의 삶을 살았다. 일일이 열거하지 않아도 도처에서 얼마든지 만날 수 있다. 오리엔트의 변방이었던 그리스 로마, 그리스 로마의 변방이었던 합스부르크와 비잔틴, 근대사의 시작이 되었던 네덜란드와 영국 그리고 영국의 식민지였던 미국에 이르기까지 인류 문명은 그 중심지가 부단히 변방으로, 변방으로 이동해 온 역사이다.
>
> 　　　　　　　　　　　　　　　　신영복,《변방을 찾아서》중에서

　신영복의 주장에는 인류 문명의 발전 방향이 제시되어 있습니다. '중심에서 변방으로의 이동'이 그것입니다. 어느 문명도 중심으로 고정되거나 영원하거나 절대적이지 않습니다. 변방에 의해 전복되어 중심은 주변이 되고 주변은 중심이 되어 인류 역사는 창조적으로 발전해 왔습니다.

　이는 문명사뿐만이 아닙니다. 신영복이 주장하듯 역사의 위대한 인물들 역시 변방의 삶을 살았습니다. 비폭력 무저항 운동의 상징이

자 인도인이 가장 사랑한다는 마하마트 간디Mahatma Gandhi의 삶도, 중국의 대표적 사상가이자 유학의 창시자인 공자의 삶도 변방의 삶이었습니다. 인류사의 대표적 인물들이 변방에서 역사의 중심으로 나아갔습니다. 인류 문명의 역사는 언제나 창조적인 변방이 새로운 역사의 중심이 되어 왔습니다.

변방에 서라

우리는 이미 신영복 사상의 중요한 고갱이를 '가장 먼 여행'에서 살펴보았습니다. '가장 먼 여행'이란 머리에서 가슴으로의 여행을 말합니다. 더 나아가 가슴에서 발로 이어지는 여행입니다. 머리로 아는 것에 멈추지 말고 타인의 삶을 공감하는 가슴을 갖는 것, 그리고 공감을 넘어서서 발에 이르는 실천적 삶을 사는 것이 신영복이 말하는 '가장 먼 여행'입니다. 그런데 신영복은 지금 우리에게 '변방에 서라'고 합니다. 생명을 유지하기 위해 우리 자신을 변방에 세우라고 합니다. 우리 안의 소수자 입장에 서서 우리의 콤플렉스를 떨쳐내라고 합니다.

우리 안의 소수자란 아시아 아프리카 아메리카의 이주노동자, 성 소수자, 아동, 여성, 장애인 등을 이릅니다. 신영복은 이들에 대한 우리 안의 근거 없는 우월 의식을 우리가 떨쳐내지 못하는 콤플렉스라고 주장합니다. 우리의 열등감이라는 콤플렉스가 아니라 우리의 우월감이라는 콤플렉스를 떨쳐내라고 주장합니다. 앞선 논의들이 중심에 대한 열등감으로부터 벗어나는 데 초점이 맞춰져 있다면 '변방'을 통해 그는 우리 안의 우월감과의 결별을 주장하고 있습니다.

　이러한 신영복의 주장은 역설적으로 우리가 무엇에 지배되고 있는지를 보여줍니다. 우리의 의식은 우월감의 지배를 받고 있습니다. 이를테면 단일민족이라는 우월감, 남성이라는 우월감, 이외에도 자본과 학벌과 권력에 이르기까지 우리는 우월감을 칭칭 감고 있습니다. 사람도, 사회도 다음 시대로 나아가려면 이러한 우월감을 청산해야 합니다. 이것을 일러 신영복은 탈문맥이라고 말합니다. 기존의 지배 이념을 넘어서야 변화와 창조가 가능해진다는 논리입니다. 이때 변방은 우월감 콤플렉스를 떨쳐낼 최적의 장소입니다. 우월감을 떨쳐버리는 데 '중심'은 적합하지 않다는 생각이 반영된 것입니다. 중심은 지배의 논리와 우월의 논리가 일반화되어 있기 때문입니다. 그는 우리에게 말합니다. '변방에 서라. 그리하여 소수자들과 같은 입장에 서서 변화와 창조로 나아가라.'

10

관 계

상대방을 창조적으로
변화시키는 것

關
係

머리 좋은 것이 마음 좋은 것만 못하고,
마음 좋은 것이 손 좋은 것만 못하고,
손 좋은 것이 발 좋은 것만 못한 법입니다.
관찰보다는 애정이, 애정보다는 실천적 연대가,
실천적 연대보다는 입장의 동일함이 더욱 중요합니다.
입장의 동일함, 그것은 관계의 최고 형태입니다.

신영복, 《감옥으로부터의 사색》 중에서

관계의 조직

'관계'는 신영복 사상의 핵심입니다. 그의 사상의 생태계를 이루고 있는 '여럿이 함께', '더불어', '공감', '연대', '포용', '관용' 등은 모두 인간과 인간 사이의 관계에 관한 것입니다. 나와 다른 사람, 나와 다른 세계에 있는 사람과 어떻게 함께 살아갈 것인가? 이것이 그의 궁극의 고민이었습니다.

그는 삶을 '만나는 것'으로 규정합니다. 사람은 독립적으로 존재할 수 없습니다. 내가 존재하기 위해서는 반드시 다른 누군가가 존재해야 합니다. 이것이 사람의 존재론적 한계입니다. 이 존재론적 한계를 극복하기 위하여 제일 먼저 요구되는 것이 존재론적 한계를 자각하는 것이고 그 다음이 나와 다른 누군가와 만나 관계를 이루는 것입니다. 이른바 관계의 조직입니다. 사람은 누구나 '관계의 조직'을 통해 비로소 고립된 개인이라는 존재론적 한계에서 벗어날 수 있습니다. 특히 오늘날을 '만남이 부재하는 사회'로 인식하는 그에게 만남은 관계를 맺어가는 열쇠입니다.

모든 존재는 고립된 불변의 존재가 아니라 수많은 관계 속에 놓여 있는 것이며 그러한 관계 속에서 비로소 정체성을 갖게 됩니다. 바꾸어 말한다면 정체성이란 내부의 어떤 것이 아니라 자기가 맺고 있는 관계를 적극적으로 조직함으로써 형성되는 것입니다. 정체성은 본질에 있어서 객관적인 존재가 아

니라 생성(being)입니다. 관계의 조직은 존재를 생성으로 탄생
시키는 창조적 실천입니다. …… 모든 존재는 관계가 조직됨
으로써 생성됩니다. …… 우리가 사용해 온 관계의 정확한 의
미는 관계의 조직입니다. …… 우리의 삶은 우리가 맺고 있는
수많은 관계의 조직입니다.

신영복, 《담론》의 〈중간 정리〉 중에서

신영복에 따르면 인간의 본질은 '사이 존재'입니다. 세상의 모든
존재는 다른 것과의 사이에 존재하는데 인간 또한 예외일 수 없다는
것입니다. 인간은 고립된 불변의 존재가 아니라 수많은 관계 속에 놓
여 있고, 관계 속에서 정체성을 갖게 됩니다. 물론 정체성은 관계 자
체에 있지 않습니다. 관계를 적극적으로 조직함으로써 형성됩니다.
우리의 삶은 우리가 맺고 있는 수많은 관계의 조직입니다. 신영복 사
상의 고갱이들인 '여럿이 함께', '더불어', '공감', '연대', '포용', '관
용' 등은 모두 관계를 조직하는 데 필요한 가치들입니다.

따라서 '관계 없이 인식 없다'는 그의 말은 관계의 중요성을 드
러내는 것입니다. 잘 안다는 것은 서로 관계가 있어야 가능합니다.
신영복은 말합니다. '어느 누가 아무 관계도 아닌 사람에게 자기를
정직하게 보여주겠습니까. 신뢰 가능한 관계이자 애정 깊은 관계일
때 비로소 자신을 정직하게 보여줄 수 있습니다.' 애정이 없으면 아
예 인식 자체가 시작되지 않습니다. 애정이야말로 깊은 인식을 가능
하게 합니다. 이러한 인식의 근본에는 사람이 있어야 합니다.

신영복은 관계를 존재의 근본 형식으로 보고 있으며, 관계의 최고의 형태를 '입장의 동일함'에 두고 있습니다. 물론 여기서 한 걸음 더 나아가 다음과 같이 주장합니다.

> 관계의 최고 형태는 입장의 동일함을 훨씬 뛰어넘는 곳에 있습니다. 서로를 따뜻하게 해주는 관계, 깨닫게 해주고 키워주는 관계가 최고의 관계입니다. …… 결혼을 앞둔 여인이 친구로부터 그 사람과 결혼하기로 결심한 이유에 대해 질문을 받았습니다. 그 연인은 이렇게 대답합니다. '그 사람과 함께 살면 내가 더 좋은 사람이 될 수 있다는 확신이 들었기 때문이야.'
>
> 신영복, 《담론》의 〈관계와 인식〉 중에서

세상의 모든 결혼은 놀랍고 담대하고 숭고한 결정이며 한편으로 보면 무모하고 어리석은 관습적 결정입니다. 한 사람의 전 생애에서 가장 혁명적인 결정이기 때문입니다. 다음의 시를 보면 그 마음을 이해할 수가 있습니다.

사람이 온다는 건
실은 어마어마한 일이다.
그는
그의 과거와

현재와

그리고

그의 미래와 함께 오기 때문이다.

한 사람의 일생이 오기 때문이다.

부서지기 쉬운

그래서 부서지기도 했을

마음이 오는 것이다 – 그 갈피를

아마 바람은 더듬어 볼 수 있을

마음,

내 마음이 그런 바람을 흉내 낸다면

필경 환대가 될 것이다.

정현종, 〈방문객〉

정현종 시인의 말처럼 사람이 온다는 건 실은 어마어마한 일입니다. 한 사람의 일생이 오기 때문입니다. 그런 까닭에 신영복이 들려준 '결혼을 앞둔 여인의 이야기'는 깊은 울림이 있습니다. '그 사람과 함께 살면 내가 더 좋은 사람이 될 수 있다는 확신', 이런 종류의 확신은 거의 절대적이며 종교적입니다. 그래서 숭고합니다. 입장의 동일함을 넘어서는 감동이 있습니다.

관계에 대한 신영복 사상은 3단계로 구성되어 있습니다. '1단계, 관계는 존재의 근본 형식이다. 2단계, 최고의 관계 형태는 입장의 동일성이다. 3단계, 최고의 관계는 상대방을 창조적으로 변화시키는 것이다.' 이것이 신영복의 관계론입니다. 다시 말하자면 '관찰보다 애정이, 애정보다 실천적 연대가, 실천적 연대보다 입장의 동일함'이 중요함을 강조하고, 여기서 더 나아가서 '서로를 따뜻하게 해주는 관계, 깨닫게 해주고 키워주는 관계'를 최고의 관계라고 주장합니다. '결혼을 앞둔 여인의 이야기'는 최고의 관계가 어떤 것인지를 보여준 가장 완벽한 사례입니다.

더 나은 공동체는 어떻게 가능한가

관계의 조직은 궁극적으로 더 나은 공동체를 지향합니다. '여럿이 함께' 살아갈 수 있는 세계를 지향합니다. 각종 위협과 갈등과 불화가 없는 평화 공존이 가능한 세계를 지향합니다.

최근 연이은 남북 정상회담이 있었습니다. 2018년만 해도 무려세 차례나 됩니다. 이로 인해 통일에 대한 기대와 열망이 어느 때보다 고조되었으며 남북 평화의 정착에 대한 희망 또한 가시적으로 진행되고 있습니다. 북한에 대한 인식도 바뀌어 적대보다 협력을 바라는 국민 여론이 더 높습니다.

신영복의 통일관은 '화화和化'입니다. 남한이나 북한 중심의 통일을 말하지 않습니다. 그는 '화화의 통일관'을 보여줄 뿐입니다. '화화'란 조화와 변화를 함축한 개념입니다. 그가 말하는 통일은 '남북이 폭넓게 소통하고 함께 변화하는' 과정입니다. 서로의 차이와 다양성을 승인하는 것, 이것이 신영복의 통일관입니다. 나아가서 그는 '화화'를 우리 민족의 '최후의 그리고 최고의 선택'이라고 선언합니다.

통일에 대한 논의가 본격화되면 통일 방식에 대해 그리고 통일 국가의 형태에 대해 다양한 의견이 있을 것입니다. 이 과정에서 필연적으로 남북한이 갈등할 수밖에 없을 것이고 이를 빌미로 다시 분단이 낫겠다는 의견도 만만찮을 것입니다. 따라서 우리는 신영복의 통일관을 되새겨보아야 합니다. '서로의 차이와 다양성을 승인하는가? 상호 존중하는가? 공생 공존의 가치를 지켜낼 수 있는가? 궁극적 목표인 평화 공존을 위해 어떤 자세를 취하는 것이 바람직한가?' 등 '화화'의 통일관을 바탕으로 예상되는 갈등과 반목을 줄일 수 있어야 더 나은 공동체는 가능할 것입니다.

그런데 우리 공동체는 얼마나 건강할까요? 통일을 잉태하고 통일을 창조해낼 만큼 성숙해 있을까요? 신영복은 간디의 '나라(공동체)를 망치는 일곱 가지 사회악'을 통해 우리 공동체의 나아갈 방향을 묻습니다.

첫째, 원칙 없는 정치.

둘째, 노동 없는 부.

셋째, 양심 없는 쾌락.

넷째, 인격 없는 교육.

다섯째, 도덕 없는 경제.

여섯째, 인간성 없는 과학.

일곱째, 희생 없는 신앙.

일곱 가지 가운데 우리 사회에 특별히 문제가 되는 항목은 무엇일까요? 부의 불평등이 문제라고 생각한다면 노동 없는 부와 도덕 없는 경제가 제일 크게 보일 터입니다. 부모 세대의 부를 대물림하여 부를 세습한 경우 다수의 노동하는 사람들에게 무력감을 주기에 부족함이 없습니다. 오죽했으면 건물주가 꿈이라는 사람이 한둘이 아닐까요. 또한 도덕 없는 경제는 수단과 방법을 가리지 않고 결과만의 가치를 강조할 수 있어서 사람을 수단화할 우려가 큽니다.

　　대다수의 부모들은 교육 문제를 제일 큰 문제로 여길 것입니다. 교육은 여러 계층의 욕망이 얽히고설켜 있어서 백약이 무효처럼 보이는 게 현실입니다. 간디가 문제시하는 교육은 '인격'입니다. 인격 없는 교육을 망국의 사회악이라고 보았습니다. 여기에 견줄 때 우리 교육에는 인격이 있을지 되묻지 않을 수 없습니다. 명문대 진학이 최고의 선처럼 여겨지는 현실에서 어느 누가 감히 인격을 논할 수 있을지 의심스럽습니다. 우리 사회는 학벌 사회라고 해도 과언이 아닙니다. 상위 명문대 출신의 장차관이 75퍼센트나 되는 현실도 문제이지만, 무엇보다 우려스러운 점은 학연이라는 이너서클이 강화되어 그들만의 리그가 공고해지고 있다는 말입니다. 물론 출중한 능력과 정직한 노력으로 명문대에 진학하여 그에 상응하는 대우를 받는다면 그것은 문제될 리 없습니다. 그럼에도 우리 사회를 학벌 사회로 보는 것이 상식입니다. 이런 현실은 신영복이 주장하는 인간관계를 형성하는 데 높은 걸림돌입니다. 입장이 동일하지도 않으며 서로를 따뜻하게 대하거나 서로를 키워주는 창조적 변화도 기대할 수 없습니다.

오히려 과도한 경쟁으로 인해 인간관계의 조직 자체가 모래성처럼 공허합니다.

이쯤 되면 우리는 '더 나은 공동체를 위하여 어떻게 할 것인가?' 하는 물음 앞에 서게 됩니다. 물론 신영복의 답변은 명쾌합니다. '더불어 숲'입니다. 그에게 숲은 매우 중요한 은유입니다. 삼림으로서가 아니라 삶으로서 말이지요. 그는 말합니다. '숲은 나무의 완성이다.' 이 말은 나무 없는 숲은 불가능하다는 뜻도 내포하고 있지만 나무가 모여서 숲이 된다는 논리가 더 강합니다. 따라서 '나무의 완성이 숲이다'로 읽어도 무방합니다. 승자 독식이나 특정 출신들이 주류를 이루는 사회는 결코 건강한 숲이 아닙니다. 신영복의 말처럼 숲은 큰 나무와 작은 나무가 서로 어울려 있고 서로가 서로에게 기대어 있습니다. 특정한 나무가 햇빛을 독점하지 않습니다. 숲에게 그리고 나무에게 햇빛은 공유재입니다.

쉬운 일은 없습니다. 변화도 창조도 더 나아가 더 나은 공동체도 쉽게 이루어질 수 없습니다. 누군가는 싸워야 하고 누군가는 기획해야 하고 누군가는 공감해야 합니다. 신영복의 주장처럼 일회성이 아니라 지속적인 변화를 꿈꾸고 실현시켜 나가야 합니다. 무엇보다 개인의 자발성이 중요하고 여럿이 함께하는 것이 중요합니다. 신영복은 그의 책 《더불어 숲》에서 이렇게 말하고 있습니다. '나무가 나무에게 말했다. 우리 더불어 숲이 되자.'

그는 어리석은 사람이 태산을 옮긴다는 '우공이산'이란 말을 인용하여 변화에 대한 긴 호흡을 드러냅니다. 앞서 이미 논의했지만 다시 한 번 이 고사를 언급하는 이유는 우공의 노력의 지속성과 신영복의 사회 진보에 대한 믿음이 닮아 있기 때문입니다.

> 소수의 그룹이나 개인에게 전유된 것이 아니라 동시대의 모든 민중들에 의해서 이상이 공유되는 혁명은 비록 실패로 끝난 것이라고 하더라도 본질에 있어서 승리입니다. 수많은 사람들의 실패는 그대로 역사가 되고 역사의 반성이 되어 이윽고 역사의 다음 장에서 새로운 모습을 드러내기 때문입니다.
>
> 신영복, 《더불어 숲》 중에서

이제 우리는 '더 나은 공동체를 만들기 위해 당신은 어떤 노력을 하고 있나요?'와 같은 실천적 질문을 마주하게 됩니다. 우선 아무것도 하지 않으면서 더 나은 공동체가 되기만을 기다린다거나 노력 없이 과실만을 따먹으려는 의식을 버려야 합니다. 그런 다음 신영복이 주장하는 '탈정'과 '탈문맥'을 해야 하고, 이를 바탕으로 기존의 논리와 지배적 질서에서 벗어나 변화와 자기 개조를 통해 창조로 나아가야 합니다. 현재에 머무르는 것은 자기 안에 갇히는 것입니다. 자기 안에 갇히면 편견과 아집과 통념에 따라 행동하게 됩니다. 현재를 개선하고 극복하여 더 나은 세계를 창조하기 위해 우리에게 필요한 것은 '탈정'과 '탈문맥'입니다. 그랬을 때 더 나은 공동체는 가능합니다.

자기 개조는 자기라는 개인 단위의 변화가 아닙니다. 개인의 변화도 여러 가지 중의 하나에 불과합니다. 최종적으로는 인간관계로서 완성되는 것입니다. 인간적 신뢰로서 완성되는 것입니다. 개인으로서의 변화를 '가슴'이라고 한다면 인간관계로서 완성되는 것을 '발'이라고 할 수 있습니다. …… 기술을 익히고 언어와 사고를 바꾼다고 해서 변화가 완성되는 것은 아닙니다. 최종적으로는 자기가 맺고 있는 인간관계가 바뀜으로써 변화가 완성됩니다. …… 자기가 맺고 있는 인간관계가 자기 변화의 질과 높이의 상한입니다.

신영복,《담론》의 〈사일이와 사공이〉 중에서

우리는 무수한 관계들 속에 있습니다. 친구는 물론 동료, 마을 공동체, 학교 및 종교 공동체 등 참 다양하고 많은 관계 속에서 살아왔고 살아가고 있습니다. 내가 맺고 있는 관계가 곧 나 자신임을 부정할 수 없습니다. 또한 그것이 자기 변화의 질과 높이의 상한이라는 말에 전적으로 공감합니다. 그러나 관계를 변화시키는 일은 어렵고도 힘든 일입니다. 그것은 새로운 관계 맺기가 쉽지 않음을 반증하는 것이기도 합니다. 익숙한 관계에 익숙한 태도로 묻어가는 것은 그래서 지극히 자연스러워 보입니다. 신영복이 인간관계에 에너지를 쏟는 일은 어쩌면 이 때문일지 모릅니다. 익숙한 대로 있다는 것은 기존 문맥에 갇혀 있다는 것과 다르지 않으며 우물 안에 머물러 있다는 것과 같은 맥락입니다. 따라서 변화를 통한 창조로 나아가려면 기존의 관계를 벗어나야 하고 새로운 관계를 맺어야 합니다. 자기 개조 그리고 자기 변화의 완성은 맺고 있는 관계가 바뀌는 데 있는 까닭입니다.

신영복은 인간관계에 대한 재정립과 함께 관계의 조직이 필요함을 제안합니다. '여럿이 함께', '더불어', '공감', '연대', '포용', '관용' 등의 가치는 관계의 조직 없이 실현 불가능하기 때문입니다. 신영복은 '인간관계는 사회의 본질이다. 사회의 본질은 인간관계의 지속적 질서'라고 했습니다. 인간관계의 지속성을 위해서 가장 필요한 덕목은 '신뢰'입니다. 신뢰 없는 공동체는 공허한 외침입니다.

OECD가 조사한 나라별 '타인에 대한 신뢰도 조사'(2015)의 결과를 보면, 타인을 신뢰한다는 대답의 OECD 평균이 59퍼센트인데 우리나라의 경우는 46퍼센트입니다. 최상위 덴마크가 89퍼센트인 것에 비하면 무려 43퍼센트포인트나 떨어지는 수준입니다. 충격적인 결과가 아닐 수 없습니다. 열 명 중 절반도 타인을 신뢰하지 않는 사회에서 우리는 오늘도 아무렇지 않게 혹은 힘겹게 살아가고 살아내고 있습니다. 믿을 수 없는 타인들로부터 나를 지키기 위해 방범창을 더 튼튼히 하고 비밀번호를 더 복잡하게 조합하고 지문이나 홍채 인식 등의 첨단 방법으로 보호막을 만들면서 정작 어떻게 하면 이 빗장을 풀어버릴까. 이 빗장 없이도 좋은 사회를 만들 수 있을까에 대해 성찰하는 시간은 상대적으로 적은 것 같습니다. 그러는 과정에서 상대방은 두려움의 대상이 되었습니다. 의심의 대상이 되었습니다. 상대방이 나를 해칠지 모른다는 경계심이 날로 높아지고 있습니다. 이러한 불신 사회에서 우리가 할 일이 방범을 위한 CCTV 설치뿐이라면 그것은 비극입니다. 따라서 더 나은 공동체를 만들기 위해서는 상호 신뢰가 절대적으로 요청됩니다. 상호 신뢰가 가능하다면 굳이 서로에 대한 두려움이나 경계가 필요 없기 때문입니다. 상호 신뢰를 위하여 신영복은 말합니다. '자주 만날 것.'

모든 것은 나로부터 너에게로

사람은 누구나 타인이면서 동시에 자아입니다. 나의 기준에서 보면, 나는 자아이고 다른 이들은 타인입니다. 반면 타인의 기준에서 보면, 타인이 자아이고 나는 타인입니다. 그러므로 온전히 자아인 사람도, 온전히 타인인 사람도 없습니다.

타인과 나는 관계를 통해 연결되어 있습니다. 신영복은 이를 가리켜 '관계는 존재의 기본 형식'이라고 했습니다. 타인 없는 나, 나 없는 타인은 존재 불가능하다는 논리입니다. 최근 우리 사회에 혼밥, 혼술 등의 '혼족' 문화가 유행하고 있습니다. '관계'를 거부하는 이러한 움직임은 이미 하나의 거부할 수 없는 문화 현상입니다. 이는 1인 가구가 늘어나는 추세와 무관하지 않습니다. 2015년 기준으로 인구의 10퍼센트인 520만 명이 1인 가구입니다. 혼자 있는 것에 익숙해질수록 함께하는 것이 미숙해질 수밖에 없습니다. 혼족 문화는 장려할 만한 것이 못됩니다.

혼족이라는 말에는 자발성과 함께 자기소외의 논리도 포함되어 있습니다. 말하자면 자발적 혼족이 있는가 하면 세계로부터 자기를 도피시키는 혼족도 있습니다. 여럿보다는 혼자가 편하다는 인식이 가져온 결과입니다. 관계를 맺는 데 미숙하거나 관계를 맺는 것 자체를 불편해 하는 개인들이 많은 사회는 결코 건강한 사회가 아닙니다. 그래서 신영복은 말합니다. '모든 존재는 관계가 조직됨으로써 생성된다.' 그의 관계에 대한 생각은 다음과 같은 말에서 더 정확히 확인됩니다. '관계는 존재의 기본 형식이다.' 말하자면 인간은 어느 누구도 다른 사람과의 관계를 통해서만이 인간일 수 있다는 것입니다.

> 도시는 자본주의가 만들었습니다. 자본주의의 역사적 존재 형태가 도시입니다. 그리고 그 본질은 상품 교환 관계입니다. 얼굴 없는 생산과 얼굴 없는 소비가 상품 교환이라는 형식적으로 연결되어 있는 것이 자본주의 사회의 인간관계입니다. 얼굴 없는 인간관계, 만남 없는 인간관계란 사실 관계 없는 것과 다르지 않습니다. 얼마든 유해 식품이 만들어질 수 있는 구조입니다. 우리 시대의 삶은 서로 만나서 선線이 되지 못하고 있는 외딴 점點입니다. 더구나 장場을 이루지 못함은 물론입니다.
>
> 신영복, 《담론》의 〈점은 선이 되지 못하고〉 중에서

신영복이 지적하듯 오늘날 우리의 관계는 지속적이지 않습니다. 통계청 자료에 따르면 우리나라 사람의 91.28퍼센트가 도시인입니

다. 도시에서의 인간적 만남은 일회성입니다. 조금 더 극단적으로 말하자면 만남이 부재합니다. 이러한 '만남 부재'의 원인을 신영복은 자본주의에서 찾습니다. '자본주의의 본질은 상품 교환 관계이며, 얼굴 없는 생산과 얼굴 없는 소비가 상품 교환이라는 형식으로 연결되어 있는 것이 자본주의 사회의 인간관계'라고 보고 있습니다. 상품을 교환하기 위해 형식적으로 맺어진 인간관계에는 인격이 개입되어 있지 않습니다. 인간관계가 마치 도구처럼 여겨집니다. 필요하면 만나고 필요가 소멸되면 더 이상 만날 필요 없는 관계에 지나지 않습니다. 그래서 신영복은 우리 시대의 삶을 일컬어 '만나서 선이 되지 못하는 외딴 점'이라고 했습니다. 고립된 개인들의 사회가 도시이고 그것이 우리의 현실임을 안타까워하고 있습니다.

혼족은 자본주의의 부산물일지 모릅니다. 자본주의는 인간을 파편화하고 분리하고 경쟁하며 비교시키는 데 열중합니다. 그것이 자본에게 이익을 가져다준다는 믿음 때문입니다. 얼굴 없는 인간관계를 통해 자본은 몸집을 불려 왔고 또 유지해 왔습니다. 이른바 각자도생의 야생 상태를 만들어놓고 능력만큼 일하고 능력만큼 가져가라고 외치고 있습니다. 이러한 자본의 논리로 보면 신영복의 '관계론'은 자본에 대한 저항이자 도전입니다. 인간과 인간이 변화와 창조적 관계망에 들어서게 되면 자본이 시키는 대로 살아갈 리 만무하기 때문입니다.

사회를 떠나서 개인으로 살아가고자 하는 인간의 열망도 무시할 수 없습니다. 국가가 사사건건 개입하는 삶보다는 개인에게 주어

진 자유를 온전히 누릴 수 있는 삶 또한 나쁘지 않기 때문입니다. 일본의 소설가 오쿠다 히데오奥田 英朗의 동명 소설이 원작인 영화 〈남쪽으로 튀어サウスバウンド〉를 보면 국가의 간섭으로부터 자유롭고자 하는 가족의 이야기가 코믹하게 그려집니다. 개인의 자유를 억압하는 국가의 간섭을 피해 외딴섬으로 떠나는 이 이야기는 우리에게 '국가란 무엇인가'를 되묻게 합니다. 또한 '어떻게 관계를 맺고 살아가야 하는지' 성찰하게 만듭니다. 영국의 소설가 다니엘 디포Daniel Defoe의 〈로빈슨 크루소The life and Strange Surprising Adventures of Robinson Crusoe〉를 읽을 때도 동일한 질문을 하고는 합니다. '과연 사람은 혼자만으로는 살 수 없는가? 사회와 분리되어 오직 혼자로는 살아갈 수 없는가?' 물론 주인공 로빈슨 크루소는 자신의 의지로 사회를 떠난 것은 아닙니다. 그는 배가 난파되어 무인도에 불시착한 것입니다. 그의 무인도행은 사회를 떠난 인간의 생존을 확인하기 위한 목적과는 무관합니다. 그럼에도 저자인 다니엘 디포의 의도는 궁금합니다. 주인공 로빈슨 크루소를 내세워 '왜 혼자로는 안 되는가' 하는 점을 증명한 것이 아닐까 싶기 때문입니다. 다니엘 디포 역시 신영복처럼 '관계는 존재의 기본 형식'임을 강조한 것일지 모르기 때문입니다.

관계적 존재

'뫼비우스의 띠'가 있습니다. 일반적으로 어떤 면이든 안면과 겉면이 있기 마련입니다. 그런데 직사각형 종이를 한 번 꼬아 양끝을 붙이면 안과 겉을 구별할 수 없는, 한쪽 면만 갖는 곡면이 됩니다. 앞면과 뒷

면의 구별이 없고 좌우의 방향을 정할 수 없습니다. 이것이 뫼비우스의 띠입니다. 이 뫼비우스의 띠를 인간관계에 적용하게 되면 나와 너는 구별 불가능한 존재가 됩니다. 앞서 얘기했듯이, 나는 내 기준에서 보면 자아이지만 다른 사람의 기준에서 보면 타자입니다. 따라서 나는 자아이면서 동시에 타자입니다. 이와 비슷한 이야기로 '호접몽胡蝶夢'이 있습니다.

> 어느 날 장자가 낮잠을 자면서 꿈을 꾸었다. 꿈속에 나비가 되어 신나게 날아다니며 자연을 만끽했는데, 잠시 쉬려 나뭇가지에 앉았다가 잠이 들었다. 그러다가 문득 깨어보니, 인간 장자라는 것을 알았다. 이때 장자는 고민에 빠지게 되었다. 도대체 본래 인간이 꿈속에서 나비가 되었던 것인지, 아니면 본래 나비가 꿈속에서 인간이 되어 이렇게 있는 것인지 구별이 안 되었던 것이다.
>
> 장자,《장자》의 〈제물론齊物論〉 중에서

장자의 호접몽에서 보듯, 사람의 관점에서 보면 꿈속의 나비는 타자이고 꿈을 꾼 나는 자아입니다. 하지만 나비의 관점에서 보면 나는 타자이고 나비가 자아가 됩니다. 그러므로 나도 나비도 자아이면서 동시에 타자입니다. 절대적인 것은 없다는 것을 말하고자 하는 게 아닙니다. 누구나 동시적 존재라는 점을 말하고자 하는 것입니다. 상대 없이 나는 존재 불가능하다는 것을 말하고자 하는 것입니다. 내가 존재하기 위해서 다른 누군가가 반드시 존재해야 하며, 반대로 다른 누군가가 존재하기 위해서는 내가 그의 존재 근거가 된다는 말입니다.

　신영복 사상의 핵심을 '관계'라고 말했습니다. 그가 말하는 관계는 고정적이거나 폐쇄적인 것이 아닙니다. 그는 열린 관계를 지향합니다. 이를테면 '친구가 될 수 없는 자는 스승이 될 수 없고, 스승이 될 수 없는 자는 친구가 될 수 없다.'와 같은 그의 말을 보면 스승과 친구는 상호적이며 열린 관계라는 것을 알 수 있습니다. 스승이 될 조건이 친구이고, 친구가 될 조건이 스승입니다. 따라서 스승과 친구는 서로 고정된 존재가 아닙니다.

　더 나아가서 그의 관계론은 당대 사람들 간의 관계에 머물러 있지 않습니다. 세대를 건너 후대에게까지 연결되어 있습니다. 그 근거가 '석과불식碩果不食'입니다. 신영복은 석과불식에 대한 애정이 남다릅니다. '내가 가장 아끼는 희망의 언어'라고 할 정도입니다. 석과불식이란 '씨 과일을 먹지 않는다'는 뜻입니다. 그는 씨 과일을 희망의 언어로 규정하고 '한 알의 씨 과일은 새봄의 싹이 되고 나무가 되고 숲이 되는 장구한 여정으로 열려 있는 것'임을 강조합니다. 이를 통해 우리의 삶을 그 근본에서 지탱하는 정치, 경제, 문화의 뼈대를 튼튼히 하고, 사람을 키우는 일이 석과불식의 교훈이고 희망임을 강조합니다. '사람을 키우는 일이야말로 그 사회를 인간적 사회로 만드는 것'임을 잊지 않습니다.

신영복 관계론의 핵심

이제부터는 신영복 사상의 핵심인 관계의 각각의 특성을 살펴보겠습니다. 먼저 '연대'에 대한 신영복의 생각을 정리해보고자 합니다.

> 연대는 위로 하는 것이 아닙니다. 그것은 추종이고, 영합일 뿐입니다. 연대는 물처럼 낮은 곳과 하는 것입니다. 잠들지 않은 강물이 되어 바다에 이르는 것입니다. 바다를 만들어 내는 것입니다.
>
> 신영복, 《담론》의 〈잠들지 않는 강물〉 중에서

신영복의 '하방연대'입니다. 강자와의 연대는 연대가 아니라 '추종이고 영합일 뿐'이라는 그의 말에서 연대의 대상을 읽을 수 있습니다. 이는 곧 그가 다수의 약자들 편에 서 있음을 입증합니다. 그는 심지어 '다수 = 정의 = 민주주의'로 등식화합니다. 다수의 약자들에 대한 애정이 얼마나 깊은지 알 수 있는 논리입니다. 따라서 연대의 대상은 소수의 강자가 아니라 다수의 약자입니다. 또한 연대의 방향은 '하방'입니다. 사회적 약자들이 살아 있는 세계입니다. 그런 까닭에 '강물이 되어 바다에 이르자'는 그의 주장은 신선하기까지 합니다. 하방의 끝이 바다이기 때문입니다. 그는 모든 강물을 받아들이는 바다의 의미를 대양으로서의 바다가 아니라 '받아들이다'의 수용성에 주목하였습니다. 모든 것을 수용하는 하방을 긍정의 시선으로 보앴다는 증거입니다. 상류와의 대결 구도로 보지 않고 모든 것을 받아들이는 하방의 수용과 포용 능력에 주목하였다는 얘기입니다. 그래서 그는 말합니다. '연대는 전략이 아니라 삶의 철학이며 관계론의 실천적 버전이다.'

　　다음은 '함께'에 대해 살펴보겠습니다. 그는 '함께'를 다음과 같이 정의합니다. '함께는 뜨거운 공감 공간이다. 함께는 지혜다.' 그 대표적인 사례가 '한 발 걸음'입니다. 우리가 살아가는 삶이란 한 발 걸음이고 나머지 한 발은 목발인데, 그 목발은 타인의 삶의 이야기로 채우는 것이라고 주장합니다. 사람은 누구도 혼자서는 온전히 걸을 수 없습니다. 타인에 대해 공부하고 타인의 이야기에 경청함으로써 자기 변화와 개조가 가능합니다. 따라서 온전히 걷는 것, 자기를 변화, 개조시키는 것은 함께하는 사람과의 관계 속에서만 발현되는 것입니다. 다른 사람이 내게 없다면 나는 영원한 불구에 머물러 있을 것입니다.

　　신영복은 관계론의 최고 형태를 '겸손'으로 규정합니다. 겸손은 자기를 낮추고 뒤에 세우는 것입니다. 말하자면 남보다 자신을 낮추는 것, 남의 뒤에 자신을 내세우는 것이 겸손입니다. 이러한 겸손의 자세로 인해 겸손한 사람은 높이 있을 때는 빛나고 낮은 곳에 처할 때에도 사람들이 함부로 하지 못합니다. 그래서《주역》에 따르면 '겸손은 군자의 완성'입니다. 신영복 또한 이러한 주장에 강한 찬사를 보냅니다.

　　'공감'에 대한 신영복의 생각은 조금 파격적입니다. '가장 먼 여행'에서 머리로부터 가슴으로 가는 것을 일러 공감이라고 말했습니다. 즉, 머리로 이해하고 아는 것을 가슴으로 이동시키는 것이 공감입니다. 그런데 이 공감의 형태 가운데 하나가 '함께 맞는 비'입니다. 물론 '함께 맞는 비'는 남을 돕는 자세에 관한 것입니다. '돕는다는 것은 우산을 들어주는 것이 아니라 함께 비를 맞는 것이다.' 이 말은 돕는 방법으로써 비를 피하거나 우산을 들어주는 선택이 아닌 비를 함께 맞는 것이 진정한 도움이라는 뜻입니다. 여기에는 '함께'의 의미도 있고 '위로'의 의미도 있지만 아무래도 '공감'의 의미가 더욱 깊습니다. '우산을 접어두고 빗속으로 함께 걸어가라.' 신영복의 공감은 이처럼 '같은 입장'이 되는 데 있습니다.

신영복 사상에서 '변화와 창조'를 빼놓을 수 없습니다. 그에게 현재는 변화의 대상입니다. 현재는 갇힌 우물이거나 기존의 문맥입니다. 그는 '탈정'과 '탈문맥'을 강조합니다. 현재를 변화시켜서 새로운 세계로 나아가고자 하는 열망이 있기 때문입니다. 변화 없이는 창조가 불가능하기 때문입니다. '머리→가슴→발'로의 여행에서 '가슴→발'에 이르는 실천적 변화는 곧 창조의 다른 이름이기도 합니다. 신영복은 말합니다. '변화는 결코 개인 단위로 완성되지 않는다. 변화는 최종적으로 인간관계로서 완성된다. 자기가 맺고 있는 인간관계가 바뀜으로써 변화가 완성된다.' 이러한 그의 주장에서 우리는 변화의 단위를 읽을 수 있습니다. 그가 말하는 변화는 인간관계라는 단위에서 이루어집니다. 혼자만의 변화가 아니라 관계 속에서의 변화여야 하기 때문입니다. 나아가 '변화의 완성은 현재 맺고 있는 인

간관계의 바뀜'에 있습니다. 기존의 관계를 지속하는 변화는 가능할
수 없습니다. 끊임없이 새로운 관계 맺기가 이루어져야 합니다. 그는
'단 한 번만으로 완료'되는 변화는 불가능하다고 주장하는 것입니
다. 변화는 일시적이 아니라 지속적이어야 한다는 것입니다.

이제 '차이와 다양성'에 대한 그의 사유를 살펴보겠습니다. 그는
'한 시대와 한 인간을 읽는 일은 그 속에 착종하고 있는 수많은 모순
을 상대하는 일'이라고 주장합니다. 동일한 개인, 동일한 사회는 존
재하지 않는다는 말입니다. 이처럼 우리는 모두 다른 존재들입니다.
또한 모두 다른 사회에 소속되어 있습니다. 그럼에도 우리는 관계적
존재이기 때문에 만나야 하고 만날 수밖에 없습니다. 만남으로 인한
갈등이 필연적이라 해도 그것은 피할 수 없는 일입니다. 그래서 차이
와 다양성을 존중하는 '포용과 관용'이 요청됩니다. 물론 신영복은
차이와 다양성을 포용하는 이른바 똘레랑스에 머무는 것을 경계합
니다. 그에 따르면 '똘레랑스는 은폐된 패권 논리'입니다. 강자의 여
유에 지나지 않습니다. 자기는 변화하지 않고 자기의 바깥에 있는 사
람, 즉 타자가 자기에게 동화되기를 바라는 것이 똘레랑스이기 때문
입니다. 그러므로 차이와 다양성은 자기 변화로 이어지는 또 하나의
출발이어야 합니다. 이 과정에서 '차이는 감사의 대상이어야 하고 학
습 교본이어야 하고 변화의 시작'이어야 합니다. 차이가 없다면 우리
는 존재 불가능한 존재입니다.

마지막으로 그가 우리에게 남긴 한 편의 시를 보겠습니다. 그의
사상을 '더불어 숲'에서 찾는다면 그 '더불어 숲'을 가꾸고 확장하는

방법이 담겨 있는 시입니다.

> 처음으로 하늘을 만나는 어린 새처럼
> 처음으로 땅을 밟고 일어서는 새싹처럼
> 우리는 하루가 저무는 저녁 무렵에도
> 아침처럼
> 새봄처럼
> 처음처럼
> 다시 새날을 시작하고 있습니다.
>
> 산다는 것은 수많은 처음을 만들어가는 끊임없는 시작입니다.
>
> 신영복, 〈처음처럼〉

　이 시는 '무엇을'이 아니라 '어떻게'에 관한 것입니다. 시 속의 '시작'은 목적이 아닙니다. '시작'은 방법입니다. 그의 '더불어 숲' 사상을 가꾸고 확장하는 방법으로서의 '시작'입니다.《처음처럼》에 수록된 시이면서 산문인 이 글은 '끝'이 아니라 '시작'에 주목하고 있습니다. '하루해가 저무는 저녁 무렵에도' 그는 시작을 보고 있습니다. 그만큼 그는 낙관적입니다. '시작' 앞에 선 그의 마음은 어린 새의 것일 테고 또한 어린 새싹의 것일 터입니다. 처음 하늘을 만나는 어린 새의 두렵고도 벅찬 마음일 것입니다. 어린 새는 하늘을 향해 비상해본 그 순간 자기가 새라는 것을 확인할 수 있습니다. 땅을 밟고 일어서는 새싹 또한 이 마음과 다르지 않을 것입니다. 새싹이 땅을 슬며시 열고 올라선 지표면의 세계는 무한 가능성의 세계입니다. 혼자 존재해야 할 세계가 아니라 더불어 살아가야 할 세계입니다.

　시의 마지막 문장은 신영복의 사자후처럼 들립니다. '변화와 창조'에 대한 열망으로 읽힙니다. 더 나은 공동체와 더 나은 삶과 더 나은 사람이 되기 위해 멈춤 없이 전진하라는 당부처럼 들립니다. '산다는 것은 수많은 처음을 만들어가는 끊임없는 시작이야.'

신영복의 생애와 저서들

신영복의 생애

2016년 1월, 지상에 마침표 하나가 늘었습니다. 많은 이들이 마침표 앞에서 슬퍼했고 안타까워했습니다. 하지만 누구도 마침표를 '정지'로 생각하지 않습니다. 여전한 진행이자 새로운 시작을 상징하기 때문입니다. 선생은 늘 그랬습니다. 시 〈처음처럼〉에서 말했듯 선생은 정지 없이 '다시 새날을 시작'하고 있을 것입니다.

선생은 1941년 경남 의령에서 태어나 일제식민지를 경험하였습니다. 다섯 살 무렵 꼬마 신영복의 꿈은 일본 총독이 되어 일본인에게 한글을 가르치는 것이었습니다. 일본인 교장의 조선 학생 차별에 항의하다가 파면된 아버지와, 아버지의 친구들인 한글학자들의 영향이었습니다. 물론 조선이 독립되어 일본을 식민지로 삼게 되었을 때의 꿈입니다. 해방의 감격이 채 식기도 전인 열 살의 신영복은 한국전쟁의 비극을 겪어야 했습니다.

1959년 부산상고를 졸업하고 한국은행 면접 대신 서울대 경제

학과에 입학하였습니다. 시대와 청년의 삶에 대해 고뇌하던 대학 2
학년 때 4.19 혁명을, 이듬해에 5.16 군사 쿠데타를 겪으면서 사회
변혁에 관심을 갖고 본격적으로 학생운동에 참여하게 되었습니다.
1963년 서울대 대학원 경제학과로 진학한 뒤에는 다른 대학이나 연
합 동아리 지도에 주력했습니다.

1965년 대학원을 마친 선생은 숙명여대 경제학과 강사로 출강
하였으며, 그즈음 잡지《청맥》의 예비 필자 모임인 새문화연구회에
선배들을 따라 나가게 되었습니다. 이 모임과의 인연은 선생의 운명
에 비극의 씨앗이 되었습니다. 1966년부터 1968년까지 육군사관학
교에서 현역 장교 신분의 교관으로 경제원론과 근대경제사를 강의
하였습니다. 그러던 중 통혁당에 가입한 적도 없고, 북한에 갔다 온
적도 없었지만 통혁당 핵심 간부와 새문화연구회에서 같이 활동한
것을 빌미로 1968년 통일혁명당 사건에 연루되어 중앙정보부에 끌
려갔다가 군사재판에 회부됩니다. 구타와 전기고문으로 얼룩진 자
술서로 인해 최종심에서 무기징역형을 선고받고 복역하게 되었습니
다. 남한산성의 육군교도소, 안양·대전 교도소 등에서 20년을 감옥
생활을 하였고, 그중 5년여를 독방에서 보냈습니다.

1988년 8월 15일 특별 가석방되었습니다. 감옥은 눈부시게 푸
르던 청년 신영복을 거짓말처럼 40대 후반의 중년으로 바꾸어놓았
습니다. 충분히 억울할 법도 한데 선생은 감옥살이를 '나의 대학 생
활'이라고 자주 언급하였습니다. 그만큼 선생은 낙관적이며 또한 진

보에 대한 신념이 굳건했습니다. 선생이 다시 세상의 한가운데로 불려 나온 그해는 여전히 군사독재가 연장되는 시국이었습니다. 선생은 출소 이듬해인 1989년부터 성공회대학교에서 청년을 양성하는 데 일생을 바쳤습니다. 출소 10년 후인 1998년 사면 복권되었으며, 2006년 정년퇴임을 한 후에도 석좌교수로 청년들 곁을 지켰습니다. 그러나 많은 이들의 인생의 조언자이자 실천가였던 선생은 안타깝게도 2014년 희귀 피부암 진단을 받고 그해 겨울 강단을 떠나 2년의 투병 끝에 영면하였습니다.

선생이 대중들과 친숙해진 것은 1988년 출간된 옥중 서간문《감옥으로부터의 사색》이후입니다. 1969년 1월부터 1988년 5월까지의 옥중 편지를 묶은 이 책은 우리 시대의 고전으로 많은 사람들의 심금을 울렸습니다. 책이 저자를 담아낸다는 말을 증명하기라도 하듯, 이 책은 겸손하고 다감한 선생의 삶을 그대로 빚어 넣은 인생작입니다.

길고 고단한, 그러나 따뜻하고 다감했던 선생은 이외에도《강의》,《더불어 숲》,《처음처럼》,《변방을 찾아서》,《담론》등을 통해 더불어 살아가는 방법을 남겼고, 무엇보다 관계론을 우리의 자산으로 남겼습니다. 비록 선생은 떠났지만 그의 빈자리는 선생의 수많은 글과 글씨와 서화가 굳건히 자리를 지키고 있습니다. 또한 스승으로부터 시대적 과제를 부여받은 제자들과 시민들의 심장에 선생은 여전히 '새날'로 숨 쉬고 있습니다.

신영복의 저서들

* 초판 출간순이며, 책명은 최종판을 따랐습니다.

감옥으로부터의 사색 - 신영복 옥중서간
햇빛출판사 | 초판 1990년 11월
돌베개 | 개정판 1998년 08월 / 3판 2018년 10월

나무야 나무야
돌베개 | 초판 1997년 01월

더불어 숲 1 - 새로운 세기의 길목에서 띄우는 신영복의 해외엽서
중앙M&B | 초판 1998년 06월

더불어 숲 2 - 새로운 세기의 길목에서 띄우는 신영복의 해외엽서
중앙M&B | 초판 1998년 07월

나무가 나무에게
이후 | 초판 2001년 06월

더불어 숲 (합본) - 신영복의 세계기행
랜덤하우스코리아 | 초판 2003년 04월
돌베개 | 개정판 2015년 12월

신영복의 엽서
돌베개 | 초판 2003년 12월

강의 - 나의 동양 고전 독법
돌베개 | 초판 2004년 12월

처음처럼 – 신영복의 언약

랜덤하우스코리아 | 초판 2007년 01월

돌베개 | 개정판 2016년 02월 / 대활자본 2017년 11월

청구회 추억 – Memories of Chung-Gu Hoe

돌베개 | 초판 2008년 07월

For the First Time – 처음처럼

랜덤하우스코리아 | 초판 2008년 08월

신영복 – 여럿이 함께 숲으로 가는 길(관악 초청 강연)

서울대학교출판문화원 | 초판 2010년 12월 / 개정판 2011년 07월

변방을 찾아서

돌베개 | 초판 2012년 05월

담론 – 신영복의 마지막 강의

돌베개 | 초판 2015년 04월

냇물아 흘러흘러 어디로 가니 – 신영복 유고

돌베개 | 초판 2017년 01월

손잡고 더불어 – 신영복과의 대화

돌베개 | 초판 2017년 01월

Journey of the River – 강물의 여행

돌베개 | 초판 2018년 01월

사진 ⓒ권혁재